Crimes et délits

Du même auteur

Dans la même collection

Dieu, Shakespeare et moi

Pour en finir une bonne fois pour toutes
avec la culture

Destins tordus

Tout ce que vous avez toujours voulu savoir
sur le sexe sans jamais oser le demander

Hannah et ses sœurs

À paraître

Maris et Femmes

Woody Allen

Crimes et délits

Traduit de l'américain
par Michel Lebrun

Éditions du Seuil

COLLECTION DIRIGÉE PAR NICOLE VIMARD.

Titre original : *Crimes and Misdemeanors*.
Scénario de Woody Allen.

©1989, Orion Pictures Company.
Photos Brian Hamill.

©1991, Diogenes Verlag AG, Zurich,
pour les langues allemande, italienne,
française, portugaise et espagnole.
Toutes les illustrations sont reprises de l'édition allemande.

ISBN 2-02-012949-3

© Septembre 1993, Éditions du Seuil,
pour la traduction française.

Le Code de la propriété intellectuelle interdit les copies ou reproductions destinées à une utilisation collective. Toute représentation ou reproduction intégrale ou partielle faite par quelque procédé que ce soit, sans le consentement de l'auteur ou de ses ayants cause, est illicite et constitue une contrefaçon sanctionnée par les articles 425 et suivants du Code pénal.

Musique du générique : *Rosalie*

UN FILM ORION
Une production Jack Rollins et Charles M. Joffe

Crimes et délits

Avec (par ordre alphabétique)
Caroline Aaron, Alan Alda, Woody Allen
Claire Bloom, Mia Farrow
Joanna Gleason, Anjelica Huston
Martin Landau, Jenny Nichols
Jerry Orbach, Sam Waterston

Producteurs associés
Thomas Reilly et Helen Robin

Casting
Juliet Taylor

Costumes
Jeffrey Kurland

Montage
Susan E. Morse, ACE

Décors
Santo Loquasto

Directeur de la photographie
Sven Nykvist, 1SC

Producteurs exécutifs
Jack Rollins et Charles H. Joffe

Produit par
Robert Greenhut

Écrit et réalisé par
Woody Allen

Extérieur country club, nuit.

Nous découvrons, au-delà d'une rivière, le clubhouse, d'où proviennent des applaudissements et un brouhaha.

La musique cesse.

Intérieur, salle de banquet du country club, nuit.

Une foule d'invités applaudissent un orateur debout sur un podium. Les applaudissements se calment.

L'ORATEUR *(au micro).* — Nous sommes tous fiers des efforts philanthropiques de Judah Rosenthal... ses heures interminables passées à réunir des fonds pour l'hôpital, le nouveau centre médical et maintenant... le bâtiment d'ophtalmologie qui, jusqu'à cette année, n'avait été qu'un rêve.

Autour d'une table, Sharon Rosenthal et son fiancé, Chris Narian ; le père de Sharon, Judah Rosenthal, et sa femme, Miriam. Judah arbore un sourire modeste.

L'ORATEUR *(au micro).* — Mais c'est Judah Rosenthal, notre ami, que nous apprécions le plus. Le mari, le père... le partenaire au golf. *(Rires dans l'assistance.)* Naturellement, si vous avez un problème de santé...

MIRIAM *(chuchotant à Judah).* — Chéri, tu rougis.

L'ORATEUR *(au micro).* — ... vous pouvez appeler Judah jour et nuit, pendant le week-end ou les vacances. *(Judah rit.)* Mais vous pouvez aussi l'appeler pour connaître le meilleur restaurant de Paris ou d'Athènes *(rires),* savoir dans quel hôtel séjourner à Moscou ! Ou... le meilleur enregistrement d'une quelconque symphonie de Mozart...

SHARON. — Mon père a toujours le trac, à l'idée de se lever et de parler...

CHRIS. — Je sais. Je l'ai senti inquiet quand tu n'as pris ni canapés ni hors-d'œuvre.

MIRIAM *(chuchotant).* — Il a été très courageux toute la semaine, et tout à coup, ce soir, le trac. C'est vrai, Judah, tu as été très détendu jusqu'à ton retour du travail ce soir.

L'ORATEUR *(au micro).* — ... ou si je veux avoir la cote exacte d'un tableau ou d'une sculpture. Mais vous pouvez aussi appeler Judah, comme cela m'est arrivé, pour connaître la meilleure façon de faire mariner la viande pour le barbecue.

Les hôtes rient à nouveau.

Début du flash-back.

Intérieur, vestibule chez Judah, jour.

Miriam, en peignoir de bain, accroche le manteau de Judah dans la penderie.

JUDAH. — Du courrier ?
MIRIAM. — Le courrier est exactement où je l'ai laissé ce matin. Je n'ai pas eu une seconde à moi de toute la journée.

Judah, qui se trouve dans le living, ôte son veston et le pose sur le divan.

JUDAH. — Si tu dois prendre une douche, fais-le maintenant parce que je dois en prendre une aussi.

Chaussant ses lunettes de lecture, il ramasse quelques lettres sur un guéridon en verre.

JUDAH *(suite)*. — J'ai horreur de prononcer ce discours ce soir, je...

Il s'interrompt en reconnaissant l'écriture sur l'une des enveloppes. Il lâche le reste du courrier sur le guéridon. Ouvrant l'enveloppe, il en tire la lettre, la déplie et lit.

Voix de Del. — Chère Miriam Rosenthal; je suis au fond du désespoir en vous écrivant cette lettre. Je ne veux provoquer aucune souffrance, mais je traverse un véritable enfer, et je vous demande d'accepter de me rencontrer, juste une fois. Votre mari et moi sommes des amis plus qu'intimes... nous nous sommes aimés profondément depuis plus de deux ans. Cette situation doit être clarifiée, car elle provoque trop de ramifications et de complications. Beaucoup de promesses m'ont été faites, *et caetera*. J'ai besoin d'une conversation franche avec vous afin d'éclaircir les choses. Pour que nous trois puissions continuer de vivre, il faut que la situation soit réglée d'une manière ou d'une autre. S'il vous plaît, contactez-moi à ce numéro. Je ne veux que le bien de tout le monde. Dolores Paley.

Judah lance un regard traqué autour de lui. Il se tourne vers la cheminée et, s'agenouillant, dépose la lettre sur les bûches enflammées. Il la regarde brûler, puis se relève et sort.

Fin du flash-back.

Intérieur, salle de banquet du country club, nuit.

Judah, debout sur le podium, prononce son speech.

Judah. — ... Que le nouveau bâtiment d'ophtalmologie soit devenu une réalité n'est pas dû à moi seul, mais à un commun esprit de générosité, de compréhension mutuelle... et de prières exaucées. C'est étrange, que j'utilise l'expression « prières exaucées ». Vous voyez, je suis un esprit scientifique. J'ai toujours été sceptique, mais j'ai été élevé dans la religion, et bien que, tout enfant, je l'aie mise en doute...

Début du flash-back.

Intérieur d'une synagogue, jour.

Assis à une table, Judah enfant et son père lisent les Saintes Écritures. D'autres hommes prient sur le sol, auprès d'eux.

VOIX DE JUDAH. – ... un peu de ses principes doivent m'être restés. Je me rappelle que mon père me disait : les yeux de Dieu sont toujours posés sur nous.

Fin du flash-back.

Intérieur, salle de banquet du country club, nuit.

JUDAH *(au micro)*. – Les yeux de Dieu ! Quelle image pour un jeune garçon. Comment étaient les yeux de Dieu ? Inimaginablement intenses et pénétrants, pensais-je. Et je me demande si ce fut par pure coïncidence que je me suis spécialisé dans l'ophtalmologie ! *(Rires des assistants.)*

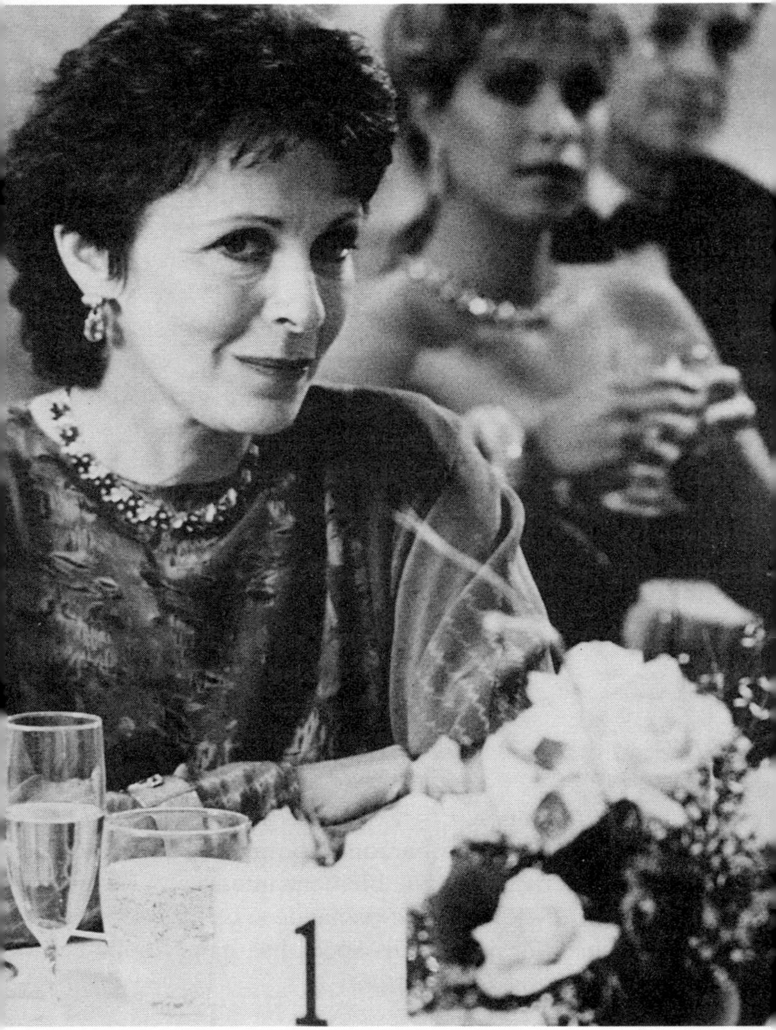
1

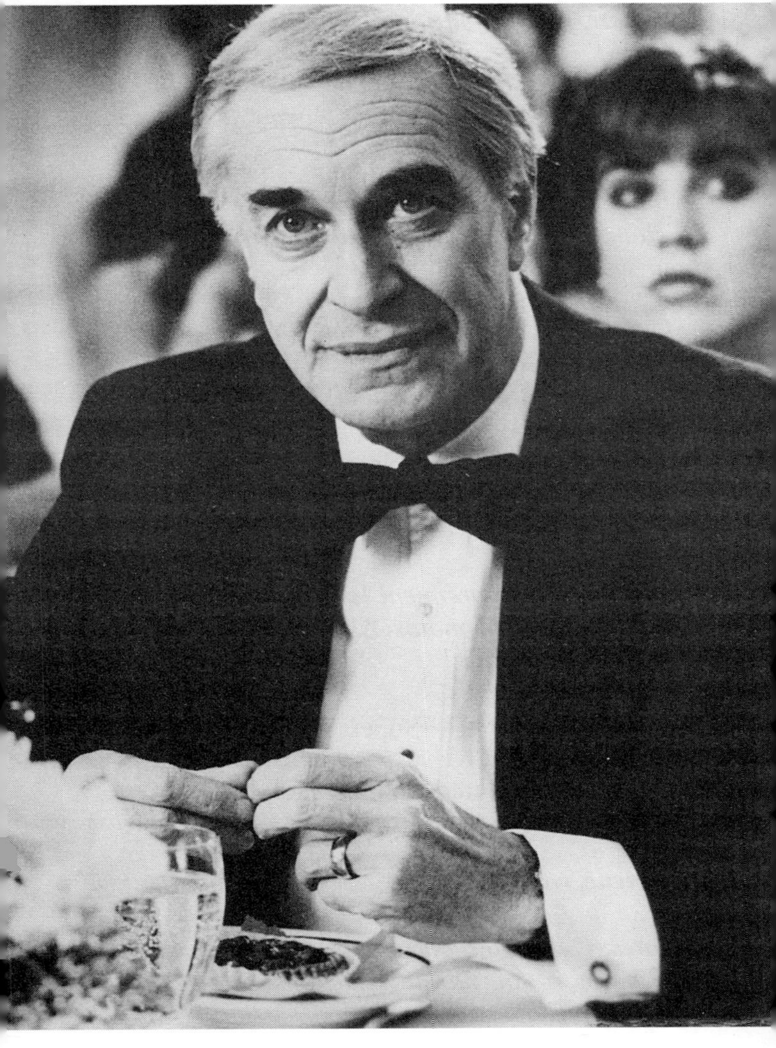

Intérieur, salle de banquet, un peu plus tard.

Un petit orchestre joue pour les invités, qui forment des groupes et déambulent en buvant des cocktails.

Musique : *Taking A Chance On Love.*

Miriam, Sharon, Chris et Judah, groupés, posent pour un photographe.

CHRIS. – Ça va faire une bonne photo.
MIRIAM. – Je suis si fière de toi, Judah ! Sharon aussi. Nous sommes tous fiers.
LE PHOTOGRAPHE. – Prenons-en une de Miriam et Judah. Vous deux ensemble.
MIRIAM. – Oui, d'accord.
CHRIS *(à Sharon).* – Écartons-nous.

Miriam et Judah prennent la pose. Le photographe prend une série de photos. Alentour, quelques invités se sont mis à danser.

LE PHOTOGRAPHE. – Super. Encore une.

Fin de la musique.

Extérieur, rue, jour.

Dolores (Del) Paley, portant un sac d'épicerie, déambule sur le trottoir parmi les piétons. Elle s'approche de son immeuble.

Intérieur, appartement de Del, jour.

Del entre chez elle, franchit la porte du living. Elle sursaute en y découvrant Judah.

JUDAH. – Pourquoi as-tu écrit cette lettre ?
DEL. – Tu sais pourquoi.

Del se dirige vers la cuisine, puis revient, se dirigeant vers la chambre.

JUDAH. – Tu veux briser ma vie, et ma famille ?
DEL. – Je veux qu'elle sache quel genre d'homme est son mari !
JUDAH. – Ça a traîné sur la table toute la journée ! Je l'ai trouvée le premier, par miracle !

Dans sa chambre, Del ôte son manteau, puis, à gestes nerveux, son foulard ; Judah la rejoint sur le seuil.

DEL. – Tu m'as dit et juré cent fois que tu allais quitter Miriam ! Nous avions fait des projets…
JUDAH. – Je n'ai jamais dit ça !
DEL. – Mais si ! J'ai renoncé à des tas d'occasions pour toi ! Des propositions de travail…
JUDAH. – Foutaises.
DEL. – Et tous les hommes qui me faisaient la cour !
JUDAH. – Qu'attends-tu de moi ? Tu crois que c'est une décision facile ?
DEL. – Je veux ce que tu m'as dit que tu voulais.

Vivre ensemble ! *(Tournant autour de lui.)* Je ne sais pas ce que je vais faire, Judah ! Je sauterai par la fenêtre, je te le jure !... Tu as été toute ma vie pendant deux ans. Je ne peux pas tout reprendre à zéro ! J'étais mal en point quand je t'ai rencontré, et tu as bouleversé mon existence !

JUDAH. – Je n'ai jamais dit que je quitterais Miriam...

Del se réfugie dans la minuscule cuisine, suivie par Judah. Del prend une cigarette et jette le paquet.

JUDAH *(suite)*. – C'est une pure invention de ta part !

DEL *(amère)*. – Mais oui ! « Il n'y a plus aucune passion ! Notre vie est d'un ennui ! » Ce sont tes propres mots, à moins que tu ne m'aies menti !

JUDAH. – Écoute-moi, Del...

DEL. – Ou il y a autre chose là-dessous, que tu me caches. Tu as rencontré une autre femme ?

JUDAH. – Quoi ? Oh, bon Dieu, je t'en prie, Dolores !

Del allume sa cigarette. Judah la tire par le bras, l'obligeant à lui faire face.

JUDAH. – Dolores !
DEL. – Quoi ?
JUDAH. – Essaie de réfléchir. J'ai vécu vingt-cinq ans avec Miriam. Ça crée des liens profonds. Enfin, je ne peux pas continuer à mener une double vie.

Del. — Tu ne lui rends pas service en lui mentant. Je ne veux pas vivre sans toi. Je ne me laisserai pas faire sans me battre.
Judah. — Écoute…

Elle le bouscule et va dans le living.

Del. — Je veux parler à Miriam ! Je ne veux plus de tout ça !
Judah. — Dolores, je t'en prie, écoute-moi… Je te demande un peu de patience. Nous trouverons une solution. Laisse-moi le temps de réfléchir. Ne précipite pas les choses.

Del veut s'écarter de Judah qui la prend dans ses bras.

Judah. — Allons, Dolores.
Del *(pleurant)*. — Quoi ?
Judah. — Tout va s'arranger.

Il étreint Del, qui se serre violemment contre lui.

Intérieur du cinéma de Bleeker Street, jour.

Le vieux film en noir et blanc d'Alfred Hitchcock, Mr. and Mrs. Smith, *est projeté en rétrospective. Les personnages, David et Ann Smith, sont en pyjama. La scène se déroule sur l'écran.*

Ann. – Tu allais me jeter comme la peau d'un vieux citron.

David. – Un citron pressé ? Tu dramatises tout.

Ann. – Je t'ai donné les plus belles années de ma vie, et toi, tu cours à droite et à gauche !

Dans la salle, Cliff Stern, réalisateur de documentaires, et sa nièce de quatorze ans, Jenny. Ils mangent du popcorn en regardant le film.

Ann. – Fiche le camp d'ici ! J'ai compris qui tu étais. Je t'ai percé à jour

David. – Mes vêtements !

Dans le film, un paquet de vêtements voltige de la chambre au salon. David émerge de la salle de bains et les ramasse. (Musique du film.) La porte de la chambre claque, réaction de David.

Extérieur du cinéma de Bleeker Street, jour.

Cliff et Jenny sortent de la salle avec d'autres cinéphiles. Il pleut.

Cliff. – C'était génial, pas vrai ?

Jenny. – Ouais, j'ai adoré.

Cliff. – Avec tous les smokings, les robes du soir et tout ça…

Jenny. – Oh ! C'était super !

Cliff boutonne son pardessus et s'aperçoit du temps qu'il fait.

CLIFF. – Quelle merveille de vivre comme ça… Quel sale temps ! Je vais essayer de trouver un taxi. Attends-moi.
JENNY. – OK.
CLIFF. – Ça te dirait de retourner au cinéma demain ?
JENNY. – Oh, oui, oncle Cliff !
CLIFF. – Oh, zut ! À moins qu'on fasse une journée de musée… J'ai promis à ton père sur son lit de mort de te donner une éducation complète, alors, tu vois, on ne devrait sans doute pas aller au cinéma tous les jours. Juste une fois de temps en temps, bien que je préfère ça… Bon, alors pendant qu'on attend un taxi, je vais te donner ta leçon de la journée, d'accord ? Voilà ta leçon : n'écoute pas ce que te disent les professeurs, tu vois ? Regarde seulement de quoi ils ont l'air, et tu sauras à quoi ressemble la vie. D'accord ? C'est une exclusivité mondiale… Ah, voilà un taxi. Si nous courons, nous pourrons arracher sa béquille à cette vieille dame et sauter dans la voiture.

Ils s'élancent sous la pluie.

Intérieur, appartement de Cliff, jour.

Cliff entre par le long couloir qui dessert son appartement.

CLIFF *(à Wendy)*. — Je suis là !

Il ôte son manteau. Wendy, sa femme, traverse le couloir et entre dans le living. Elle lit un carnet et porte des livres.

WENDY. — Où étais-tu ?
CLIFF. — Oh ! tu sais, ici et là.
WENDY. — Je parie que tu as encore emmené ta nièce au cinéma.
CLIFF. — Oh ! J'adore cette gosse, elle est fantastique.
WENDY. — Mon frère a appelé. Il est en ville, il nous invite à un petit dîner ce soir.
CLIFF *(frissonnant)*. — Oh ! Seigneur !
WENDY. — Tu vas encore faire une salade ?
CLIFF. — Hé, là ! J'en ai pas fait la dernière fois.
WENDY. — Et comment, que tu en as fait une ! Tu as été désagréable, et toute la soirée tu as affiché ta rogne !
CLIFF. — Je n'ai rien contre lui, je te l'ai déjà dit, tu sais. Je trouve seulement que c'est un con solennel. Toi, tu ne le vois pas parce que tu l'aimes, voilà tout.

Ils discutent en allant et venant, passant du living à la cuisine, où Wendy, pour ouvrir un placard, pose un flacon de pilules.

WENDY. — Qu'est-ce que tu grommelles ?
CLIFF. — Je ne grommelle rien du tout.

WENDY. — Tu crois que je n'entends pas ? Tu dénigres Lester en douce.

CLIFF. — Mais j'aime bien ton frère Ben !

WENDY. — Bien sûr, Ben est un saint, tu n'es pas jaloux de lui.

Wendy prend un verre et le remplit d'eau du robinet.

CLIFF. — Tu crois que je suis jaloux de Lester parce qu'il est producteur à la télé ?

WENDY. — Non, je crois que tu es jaloux parce qu'il est un homme admiré, profondément respecté… et multimillionnaire ! *(Prenant une pilule.)* Et il fait ce que tu voudrais faire !

CLIFF. — Écoute, j'arrive pas à regarder ses trucs, c'est de la sous-merde.

Wendy rince le verre après usage. Cliff prend une pomme et l'épluche.

WENDY. — Je pense qu'il veut te proposer un boulot.

CLIFF. — Je ne cherche pas de boulot. J'ai quand même obtenu une mention honorable à ce festival, à… à…

WENDY. — Cincinnati ? Le festival du film documentaire de Cincinnati ? C'est à ça que tu t'accroches ? Tous les films présentés ont eu une mention honorable !

CLIFF. — Mince ! Les choses ont bougrement changé par ici !

Intérieur, taverne sur le green, nuit.

Les branches d'un arbre illuminées devant l'entrée du restaurant. Cliff et Wendy entrent et gagnent l'espace cocktail de l'établissement.

> Début de la musique au piano :
> *I Know That You Know.*

Le brouhaha des invités se poursuivra durant toute la scène. Lester Kaufman, le frère de Wendy, est accompagné de Lisa Crosley, une jeune comédienne blonde.

LESTER. – Wendy, Cliff ! Venez, que je vous présente Lisa ! *(À Lisa :)* Ma sœur Wendy et mon beau-frère Clifford.
LISA. – B'jour.
LESTER. – Voici Lisa Crosley. Lisa sera la vedette de ma prochaine série.
LISA. – Pas exactement la vedette ! *(Elle rit.)*
LESTER. – Ouais, enfin l'une des stars. C'est un ensemble. Dis-leur quel rôle tu joues.

Une jeune femme survient, et serre la main de Lester.

LA JEUNE FEMME. – Hello, Lester.
LESTER. – Oh ! salut, ma chérie, je suis si content de te voir !
LA JEUNE FEMME. – Merci de m'avoir invitée.
LESTER. – C'est normal.

La jeune femme. – C'est une réception magnifique, merci.

Lester. – Merci, va donc prendre un verre, je suis à toi dans une seconde.

La jeune femme s'éloigne. Lester s'approche de Wendy.

Lester. – Elle a donné un gros paquet au musée de la Télévision.

Wendy. – Oh, très bien.

Lester. – Vraiment beaucoup de fric. *(Désignant Lisa.)* Elle va jouer une… une…

Lisa *(à Wendy et Cliff)*. – Une avocate de l'ACLU* dont le mari écrit pour un magazine conservateur.

Lester. – Oui, ça nous donne l'occasion d'aborder les problèmes importants, tu vois ?

Lisa. – Nous allons essayer de respecter les deux points de vue, mais, connaissant Lester, ça va certainement pencher vers la gauche.

Lester. – Enfin, espérons. *(Lisa rit.)* Et tu sais, nous allons tourner ici.

Wendy. – Tu plaisantes ?

Lester. – Officiel !

Wendy. – Tu seras là ?

Lester. – Ouais, j'ai envie de tourner de plus en plus à New York.

Wendy. – Rien ne pouvait me faire plus plaisir !

---

* ACLU : American Civil Liberties Union (Union américaine pour les libertés civiles).

LESTER. – Je sais. À moi aussi.

WENDY. – C'est fantastique.

LESTER. – Oh, j'adore cette ville. Los Angeles est tellement Mickey Mouse comme environnement ! Ça ne m'amuse plus. En fait, c'est une des raisons de ma présence ici.

Un homme se fraie un passage parmi les groupes et vient interrompre Lester.

L'HOMME. – Salut, Lester, comment vas-tu ?

LESTER. – Ah ! j'ai à te parler. Ne t'éloigne pas trop.

L'HOMME. – Entendu.

L'homme va bavarder un peu plus loin.

LESTER. – Euh, nous allons former une compagnie à plusieurs pour construire de grands studios ici, tu vois, dans la ville. En réalité… Oh, pardon, juste une seconde…

Lester sort de sa poche un magnétophone miniature et parle dans le micro.

LESTER *(au magnétophone)*. – Idée pour une série : un entrepreneur riche et dans le vent qui essaie toujours de mettre sur pied, euh, des projets grandioses, genre Donald Trump*. Pour tourner à New York.

* Donald Trump : célèbre promoteur immobilier new-yorkais.

Il arrête le magnétophone et le remet dans sa poche.

WENDY. – Regardez qui est là.
LESTER. – Oh ! C'est mon frère Ben !

Ben Kaufman, le frère de Wendy et Lester, approche avec sa femme, Carol. Lester prend Ben dans ses bras et l'embrasse sur la joue.

LESTER. – Comment vas-tu, gamin ?
BEN. – C'est bon de te voir.
LESTER *(à Carol)*. – Bisou, ma puce !
CAROL *(à Lester)*. – Bonsoir.
BEN *(à Wendy)*. – Bonjour, chérie.
WENDY *(à Ben)*. – Salut, mon cœur. *(Embrassades.)*
LESTER *(à Carol)*. – Je te présente Lisa Crosley.
BEN. – Salut, Cliff.
CLIFF. – Salut, Ben.
LESTER *(à Ben)*. – Qu'est-ce que tu deviens ? Comment vont tes yeux ?
BEN. – Pas fameux. Rien de très optimiste.
LESTER. – Oh, tu me fais marcher !
BEN. – Je vois le Dr Rosenthal depuis plusieurs mois.
LESTER. – Ouais, et qu'est-ce qu'il…
WENDY *(l'interrompant)*. – Lester, ne voulais-tu pas parler à Clifford ?
LESTER. – Ah, oui, oui. Passons dans mon bureau.

Lester prend Cliff par l'épaule et l'emmène à l'écart du groupe.

BEN *(à Lisa)*. − Bonsoir.
LISA *(riant)*. − B'soir. Je m'appelle Lisa.
BEN. − On ne nous a pas présentés.
WENDY. − Oh ! Je suis désolée.
LISA. − C'est pas grave. *(À Ben :)* Alors, vous travaillez aussi à la télé ?

Wendy et Carol rient.

BEN. − Pas vraiment. Je suis rabbin.

Le piano joue *Dancing On The Ceiling*.

Réaction surprise de Lisa, qui désigne le costume de ville de Ben.

LISA. − Vous n'êtes pas censé porter un uniforme *(riant)*, ou quelque chose de spécial ?

Hilarité générale.

Lester et Cliff déambulent en parlant, dans un autre coin de la salle.

LESTER. − La télévision publique veut faire un documentaire sur moi, tu vois, me suivre un peu partout. Ma façon de parler, ma façon de penser, ce genre de truc… Ça fait partie de leur série sur l'Esprit Créatif… Alors, je leur ai parlé de toi.

CLIFF. – Je te remercie. Mais, euh, tu sais, je travaille sur un truc à moi. J'ai commencé un petit film de montage…

LESTER. – Ouais, je sais. Wendy m'en a parlé. Tu essaies de faire un docu sur une espèce de… professeur de philosophie, ce qui est admirable. Très subtil. Mais moi, je t'offre une chance de gagner décemment ta vie, et de toucher une large audience !

CLIFF. – Eh bien… La dernière chose dont tu aies besoin, c'est de me prendre comme biographe. Tu vois, moi, je fais des petits films sur les déchets toxiques, la malnutrition des enfants…

LESTER. – Ouais, ouais. Écoute, je vais te parler franchement. Tu n'es pas celui que j'aurais choisi. Je fais ça strictement pour faire plaisir à Wendy. Elle m'a dit que tu n'avais pas travaillé depuis longtemps, et ça l'embête.

CLIFF. – J'ai travaillé, seulement personne ne me paie. Je suis en train de monter ce film, et…

LESTER. – Je sais que tu n'as aucun respect pour mon travail, mais j'ai quand même un placard rempli de récompenses. Tu peux comprendre ça ? D'accord, d'accord, tu crois que c'est de la merde. Bien, parfait, je comprends, OK.

CLIFF. – Je ne sais pas. Je pourrais utiliser cet argent pour finir mon film, après tout… J'ai quelques dettes et ça…

Lester sort son mini-magnétophone et parle dans le micro.

LESTER *(au magnétophone)*. – Idée pour un burlesque : un pauvre... un pauvre raté accepte de tourner l'histoire de la vie d'un grand homme et, ce faisant, apprend les valeurs profondes.

Il remet le magnétophone dans sa poche.

Fin de la musique.

Extérieur, autoroute, jour.

Judah, seul, conduit sa voiture, plongé dans ses pensées.

VOIX DE DEL. – Qu'allez-vous faire à Boston ?
VOIX DE JUDAH. – Une conférence dans un symposium.

Début du flash-back.

Intérieur d'un avion, jour.

Del – hôtesse de l'air à l'époque – sourit à Judah.

DEL. – Au fait, je m'appelle Dolores.
JUDAH. – Joli nom.
DEL. – Merci beaucoup.

On revient sur Judah dans sa voiture, toujours dans ses souvenirs.

Voix de Del. — Vous allez souvent à Boston ?
Voix de Judah. — Non, pas très souvent.

Intérieur, couloir d'hôtel, nuit.

Appuyés contre la porte d'une chambre d'hôtel, Judah et Del échangent des baisers passionnés.

Voix de Judah. — À vrai dire, je ne connais personne à Boston.
Voix de Del. — Vraiment ?
Voix de Judah. — Personne.

Fin du flash-back.

Extérieur, autoroute, jour.

Judah poursuit sa route, toujours plongé dans ses réflexions.

Intérieur, cabinet de Judah/réception, jour.

L'infirmière, assise au comptoir de la réception, boit un café au moment où Judah entre. On voit des patients dans la salle d'attente voisine. L'infirmière sourit.

Judah. – Bonjour.
L'infirmière. – Bonjour, ça va ? Mlle Paley a appelé, elle a dit que c'était urgent.

Intérieur, bureau de Judah, jour.

Judah *(au téléphone)*. – Pourquoi m'as-tu appelé ? Je t'avais dit que je t'appellerais.

Intérieur, appartement de Del, jour.

Del est au téléphone dans le coin salle à manger, le visage ruisselant de larmes.

Del. – J'ai pas pu m'en empêcher. J'allais craquer... Il faut que je te voie tout de suite. Il le faut !

Del marche nerveusement avec le téléphone, tout en fumant.

Del. – Très bien. Après ton travail, d'accord.

Intérieur, bureau de Judah, jour.

Un petit point lumineux est projeté sur le mur, dans le bureau obscur. Judah fait bouger sans cesse la tache de lumière.

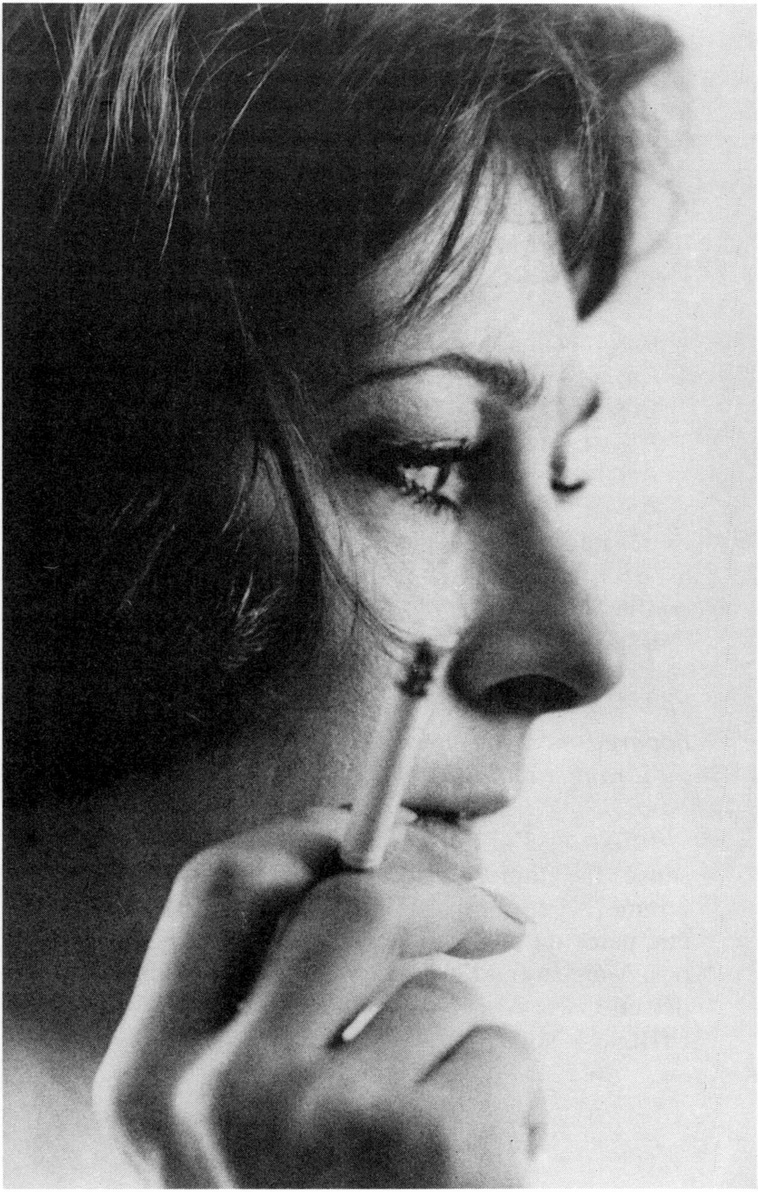

BEN *(dans le noir)*. – Là, je le vois. Oui, je le vois.
JUDAH *(soupirant)*. – Oh, mon Dieu !
BEN. – Qu'est-ce qu'il se passe ?
JUDAH. – Il faut que j'arrête une minute.

La lumière revient dans la pièce. Judah et Ben sont assis de part et d'autre d'une table, des appareils médicaux entre eux. Judah soupire.

BEN. – Ça ne va pas, Judah ?
JUDAH. – J'ai de gros problèmes, Ben.
BEN. – De quel ordre ?
JUDAH. – J'ai besoin de parler à quelqu'un.
BEN. – Je t'écoute.
JUDAH. – On se connaît depuis très longtemps. Tu es très religieux. Moi pas. Nous différons sur bien des aspects, mais j'ai du respect pour toi. Puis-je me confier à toi ?
BEN. – Bien sûr. Parle… Ça restera confidentiel.

Judah, agité, se lève, retire la bande-témoin d'un appareil médical, et va la glisser dans un dossier qu'il rangera dans un classeur.

JUDAH. – J'ai fait une folie, quelque chose d'insensé, de stupide, d'idiot. *(Soupirant.)* Une autre femme… Peut-être ai-je été flatté, vulnérable. Peut-être parce qu'elle était seule, abandonnée, je ne sais pas. Mais aujourd'hui, ma vie est sur le point d'être détruite.
BEN. – Vous ne pouvez pas rompre ?

JUDAH. – Cette femme s'y refuse. Elle est jeune, très instable… complètement hystérique. Et vindicative…

Judah va prendre un paquet de cigarettes sur une étagère.

JUDAH. – Tout est de ma faute. J'ai pris l'initiative. J'ai prolongé la liaison. Souvent j'ai tenté de faire marche arrière, mais j'étais trop faible. Mais je ne lui ai rien promis. Ou peut-être que si ? Je n'en sais plus rien moi-même. Dans le feu de la passion, on dit des choses… Tout ce que je sais, c'est qu'après deux ans de mensonge, en menant cette double vie, je me suis réveillé comme d'un cauchemar, et j'ai pris conscience de ce que j'allais perdre.

BEN. – On appelle ça la sagesse. Ça survient sans prévenir. Nous réalisons la différence entre ce qui est vrai, profond et durable, contrairement au plaisir superficiel et fugitif du moment.

JUDAH. – Tu vois, je me suis menti en m'imaginant que je l'aimais, mais, intérieurement, je savais. Et, même en sachant, j'agissais par égoïsme. Pour le plaisir, pour l'aventure, pour le sexe.

BEN. – Parfois, quand un couple est bâti sur un amour profond, avec le remords sincère d'une faute, on peut être pardonné.

JUDAH. – Je connais bien Miriam… ses valeurs… ses sentiments… La place de notre couple parmi nos amis.

BEN. – Mais quelle alternative as-tu si cette femme

a l'intention de tout lui raconter ? Tu devras confesser ta trahison en espérant qu'elle comprendra. Miriam a peut-être sa part de responsabilité elle aussi. Il vous faut en discuter. Peut-être que rien ne sera plus comme avant entre Miriam et toi, mais votre vie pourra continuer sur des bases plus profondes, avec plus de maturité et de confiance. Elle peut devenir plus enrichissante.

Judah. – C'est drôle. Depuis que nous sommes adultes, toi et moi, nous avons cette même conversation, sous une forme ou une autre.

Ben. – Je sais. Il y a une différence fondamentale entre notre façon de voir le monde. Pour toi, il est cruel, vide de valeurs et impitoyable. Moi, je ne pourrais pas vivre sans la conviction profonde d'une structure morale forte, avec une signification véritable, et l'existence du pardon. Et d'une puissance supérieure ! Sinon, je ne verrais aucune raison de vivre. Je sais qu'il y a une étincelle de cette notion quelque part, dans ton subconscient.

Judah. – Maintenant, voilà que tu me parles comme à ta congrégation.

Ils rient brièvement.

Ben. – C'est vrai. Partis d'une petite infidélité, nous en sommes arrivés au sens de la vie.

Judah. – Miriam ne trouvera pas que deux ans de dissimulation et de mensonge sont « une petite infidélité ».

Intérieur, appartement de Del, jour.

Del, dans sa cuisine, est perdue dans ses pensées.

Début du flash-back.

Extérieur, la plage au crépuscule.

Judah et Del, en tenue de sport, courent sur la plage. Judah escalade une dune escarpée et s'immobilise à bout de souffle.

DEL *(riant)*. – Comment y arrives-tu ? Moi, je renonce ! Tu es vraiment dans une forme olympique !
JUDAH. – Pour un homme de mon âge ?
DEL *(essoufflée)*. – De n'importe quel âge !
JUDAH. – J'ai été athlétique, autrefois, quand j'étais jeune étudiant.

Del prend Judah par le cou.

DEL. – Tu fais encore l'amour comme un jeune étudiant.
JUDAH. – Vraiment ?
DEL. – Oui.

Del et Judah s'embrassent. Judas regarde autour de lui avec inquiétude.

JUDAH. – Tu sais, on ne devrait pas faire ça ici.
DEL. – Pourquoi pas ? Nous sommes seuls.

JUDAH. — Je ne sais pas… ça me gêne un peu.

DEL. — Rentrons à la villa, on fera du feu et tu pourras me jouer du Schumann.

JUDAH. — Schubert. Schumann est mièvre.

DEL. — Ah.

JUDAH. — Schubert me fait penser à toi. Le côté triste.

DEL. — Schubert. Il faudra que tu m'apprennes tout ça. Je suis tellement ignare en musique classique.

JUDAH. — Je t'apprendrai.

Fin du flash-back.

Intérieur, appartement de Del, jour.

Dans sa cuisine, Del est toujours perdue dans ses pensées.

VOIX DE JUDAH. — Un jour, nous aurons tout notre temps.

Del passe dans le living, puis va ouvrir la porte d'entrée, révélant Judah sur le palier. Ils s'étreignent, et Del fait entrer Judah.

DEL. — Tu veux boire quelque chose ?

JUDAH. — Oui. Oh, n'importe quoi, ce que tu as. *(Soupirant.)* Pourquoi as-tu téléphoné à la maison hier soir, puis raccroché ?

DEL. – Ce n'est pas un jeu de ma part, Judah ; que tu aies décidé de m'éliminer de ta vie ne signifie pas que je vais rendre les armes !

Del verse de l'alcool dans un verre, puis rebouche la bouteille.

JUDAH. – Del, que nous est-il arrivé ? Nous avons eu des années merveilleuses. Nous savions que ce ne serait pas éternel !
DEL. – J'ai renoncé à beaucoup de choses pour toi.
JUDAH. – Ah ! Je t'en prie ! C'est du pipeau, ne joue pas à ça avec moi, pour l'amour de Dieu ! Ces possibilités de travail, tu te les inventes. Tout comme ces soupirants à tes pieds ! Je n'ai rien empêché.
DEL. – On peut parler sans se disputer ?

Elle lui tend le verre, qu'il prend.

JUDAH. – Oh, je suis à bout de nerfs.
DEL. – J'ai eu une idée. Je me suis dit que si nous pouvions partir en voyage… juste un petit moment… Nos voyages sont mes meilleurs souvenirs. Pas seulement depuis qu'on se connaît, mais de toute ma vie. *(Lui caressant affectueusement la tête.)* Tu es toujours beaucoup plus détendu, loin de chez toi. Tu reviens à la vie, ton visage change… Je me disais que si nous faisions un voyage, rien qu'à Boston ou Washington, sans idées préconçues…
JUDAH. – Je ne peux pas m'éloigner, Del.

DEL *(soupirant)*. — Rien qu'un week-end. Rien que pour être ensemble.

JUDAH. — Je ne peux pas, Del.

DEL. — Tu ne veux pas.

JUDAH. — D'accord, je ne veux pas. Voilà.

DEL. — Pourquoi pas ?

JUDAH. — Parce que tu es complètement irréaliste, tu sais ça ?

Judah s'approche du divan.

JUDAH. — Viens, assieds-toi une minute. Parlons.

Del s'assoit auprès de Judah, et pose son verre. Il lui prend la main.

JUDAH. — J'ai réfléchi, moi aussi. Je me rends compte que si je t'ai fait manquer des occasions de gagner de l'argent, je suis entièrement prêt à te dédommager...

Del arrache sa main à celle de Judah.

DEL. — Je n'en veux pas à ton sale argent ! Je veux parler à Miriam...

JUDAH. — Laisse-la en dehors de ça !

DEL. — Je veux qu'elle apprenne la vérité !

JUDAH. — Ne la mêle pas à ça, tu entends ?

Del se lève et s'éloigne. Judah boit son verre.

DEL. – Miriam a le droit de savoir que son mari est un menteur et un escroc !

JUDAH. – Je te prie de retirer ce mot !

Judah se lève et gagne le seuil de la cuisine, où Del se verse un autre verre.

DEL. – Je ne suis pas aveugle, tu sais. Je connais ta magouille entre les dons philanthropiques et tes actions en Bourse.

JUDAH. – Je n'ai rien pris. Pas un centime. Ma conscience est parfaitement nette.

DEL. – Tu avais besoin d'argent pour couvrir tes pertes. J'étais là quand ça s'est passé.

Del sort de la cuisine et va dans sa chambre.

JUDAH. – D'accord. J'avais besoin d'un peu d'aide temporaire, mais, nom de Dieu, après toute une vie de dur labeur, un homme ne se laisse pas noyer sans réagir ! Déplacer des capitaux, ce n'est pas du vol !

Del ressort de sa chambre, un flacon à la main.

DEL. – Sans en parler à personne ?

JUDAH. – Écoute-moi ! Chaque dollar a été remboursé, avec intérêt !

DEL. – Je me demande si les administrateurs seraient d'accord !

JUDAH. – Alors, c'est ça, hein ? C'est ce que tu as l'intention de faire. Me retenir par un chantage ? Des menaces stupides, de la diffamation. C'est ça, ton idée de l'amour ?

DEL. – Je refuse d'être larguée ! Je veux parler à Miriam !

Del débouche le flacon, prend une pilule et l'avale avec ce qui reste de son verre.

JUDAH. – Réfléchis, pour l'amour de Dieu ! Pense à tout le mal que tu me fais ! Je t'en prie !
DEL. – Je suis à bout ! J'ai besoin de toi.
JUDAH *(accablé)*. – Oh !

Extérieur, Riverside Park, jour.

Quelques arbres dénudés auprès d'un immeuble chic. Une statue est placée devant l'immeuble.

VOIX DE LESTER. – J'adore New York. Je suis né dans cette maison.

Lester, assis sur un banc, désigne l'immeuble par-dessus son épaule.

LESTER *(suite)*. – Derrière le bonhomme, là, le type sur son piédestal. J'aime New York. C'est comme, euh, des millions de chagrins attendant un éclat de rire.

Cliff, manipulant une caméra, est en train de filmer Lester. Toute une équipe d'assistants et techniciens l'entoure. Cliff réagit aux déclarations de Lester.

LESTER. – Et ce qui fait de New York un si drôle d'endroit…

Lester est maintenant assis sur un banc du parc.

LESTER *(suite)*. – … c'est qu'il y a ici tant de souffrance, de misère et de folie. C'est le prologue de la comédie. Mais il faut conserver une distance. La chose importante dans la comédie, c'est que si ça plie, c'est drôle. Si ça casse, ce n'est pas drôle. Alors il faut prendre du recul, vous voyez ce que je veux dire ? À Harvard, ils m'ont demandé : « Quelle est votre définition de la comédie ? » Je leur ai répondu – et c'est l'explication du recul –, je leur ai dit : « La comédie, c'est la tragédie plus le temps. » Oui, la tragédie plus le temps. Vous voyez, le soir où Lincoln a été assassiné, on n'aurait pas pu plaisanter là-dessus. Maintenant, du temps a passé, et on a le droit d'en rire… Vous voyez ? La tragédie, plus le temps.
CLIFF *(le coupant)*. – C'est fini, on n'a plus de pellicule.
LESTER. – Comment ça ? Déjà ?
CLIFF. – J'ai tourné dix bobines rien que sur ta première question !

Lester consulte sa montre.

Lester. — Très bien, de toute façon, on m'attend chez CBS. On refera ça demain. Rappelle-toi où nous en étions. On repartira de là. Rappelle-toi bien ce que j'étais en train de dire.

Lester s'éloigne et rejoint quelques producteurs de télévision, pendant que Cliff ôte le magasin de la caméra.

Premier producteur. — Bravo, c'était très bon.
Lester. — Qu'est-ce que vous en pensez ?
Deuxième producteur. — Magnifique.
Premier producteur. — Excellent.
Lester. — Tout allait bien ?
Une jeune femme. — J'en reste sans voix.
Premier producteur. — Absolument !
Lester. — Je me trouve un peu mou.
Premier producteur. — Non, Lester, tu as été merveilleux.
Lester. — Je le ferai plus détendu demain. Le coup de la tragédie, j'ai des choses intéressantes à dire là-dessus.

Lester s'approche de la productrice associée, Halley Reed, qui parle dans un téléphone de poche. Une autre jeune femme se tient auprès de Halley.

Halley *(au téléphone)*. — Allô, ici Halley Reed, pour M. Kurnitz, s'il vous plaît.
Lester. — Écoute… *(À l'autre jeune femme :)* Vous permettez ?

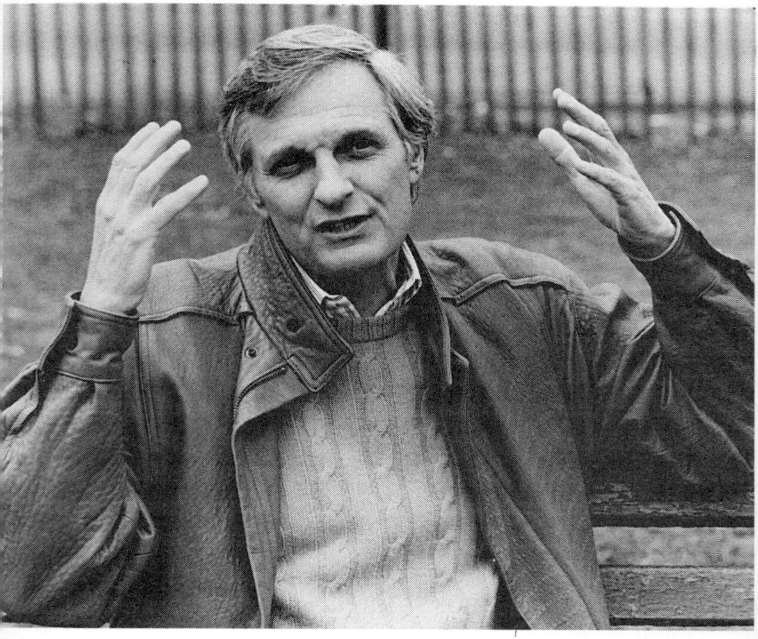

La jeune femme s'éloigne.

Lester *(à Halley)*. – Écoute, je sais que je te l'ai déjà dit, mais si tu me le demandes gentiment, tu pourras avoir mon corps.

Halley. – Tu ne préfères pas le léguer à la science ?

Lester. – Bon, si tu veux bien m'écouter ?

Halley *(au téléphone)*. – Très bien, je ne quitte pas. Merci.

Lester. – Je t'offre mon cœur et tu l'écrabouilles ! Quand vas-tu démissionner et venir travailler pour moi ?

Halley. – Oh ! Tu me flanquerais à la porte. Je suis trop entêtée.

Lester. – Non, non. J'aime la stimulation mentale.

Halley. – Tu as essayé les électrochocs ?

Lester *(riant)*. – Excellent ! Très drôle.

Premier producteur *(revenant sur ses pas)*. – Lester, il faut qu'on y aille, il se fait tard.

Halley *(au téléphone)*. – Oh, non ! Ne coupez pas !

Halley recompose son numéro.

Lester. – J'arrive tout de suite. Attendez-moi dans la voiture.

Premier producteur. – Attendre ? Il est cinq heures !

Lester. – J'arrive, Arthur.

Premier producteur. – Tout de suite ? Tu promets ?

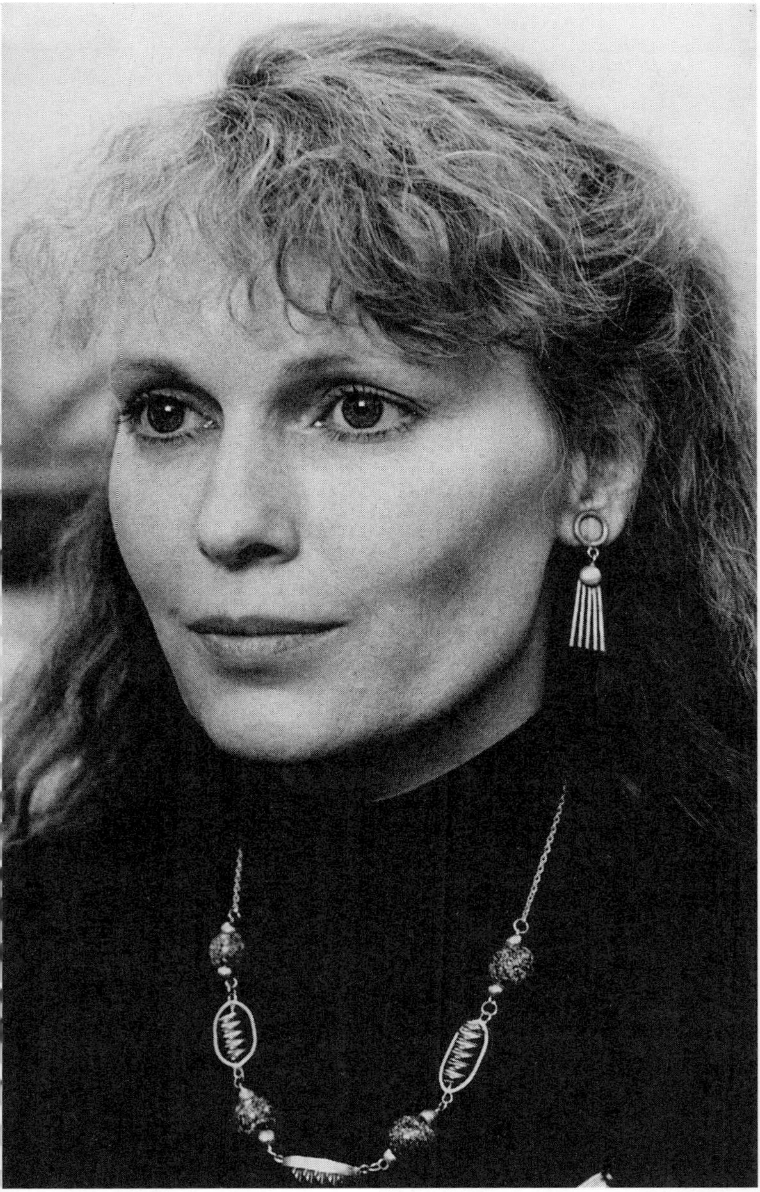

Le producteur s'éloigne avec réticence.

HALLEY *(au téléphone)*. – J'attends toujours M. Kurnitz. C'est Halley Reed.
LESTER. – Pourquoi ne viendrais-tu pas aux Barbades avec moi ? On nagera, on prendra le soleil…
HALLEY. – Désolée, j'attrape des taches de rousseur.
LESTER. – C'est ma dernière cartouche. Je n'ai rien de mieux à te proposer.
HALLEY *(au téléphone)*. – Très bien, j'attendrai.
LESTER. – Réfléchis. On se voit demain.

Lester s'éloigne. Halley est à nouveau coupée, et recompose le numéro. Cliff s'approche d'elle.

HALLEY *(au téléphone)*. – Oui, c'est Halley Reed. Vous m'avez coupée… OK.

Cliff tend la main à Halley.

CLIFF. – On n'a pas été présentés officiellement.
HALLEY *(lui serrant la main)*. – Je suis Halley Reed, l'une des productrices associées.
CLIFF. – Clifford Stern. Je peux vous demander la même chose qu'au producteur ? Pourquoi vous enquiquiner avec ce Lester ? C'est un nul, et votre émission ne s'intéresse qu'aux gens de valeur…
HALLEY. – De vous à moi, je voulais faire Gabriel Garcia Marquez.
CLIFF. – C'est parfait.

Halley. — Mais ils veulent un peu de variété. Lester est un phénomène de société.

Cliff. — Comme la pluie acide.

Halley. — Vous ne l'aimez vraiment pas.

Cliff. — Je l'aime comme un frère. Caïn.

Halley. — Alors, pourquoi tournez-vous ce film ? C'est inhabituel qu'ils fassent appel à quelqu'un du dehors.

Cliff. — Je sais. Je fais ça uniquement pour l'argent. Mais j'essaie de faire mon propre documentaire. Le profil d'un homme qui serait parfait pour votre série.

Halley. — Oui ? Qui ça ?

Cliff. — Il s'appelle Louis Levy. Vous... vous avez un peu de temps ?

Début de la musique :
Suite anglaise n° 2 en la *mineur.*

Intérieur, salle de montage, jour.

Un écran de contrôle sur la visionneuse Steenbeck montre Louis Levy, un vieux professeur de philosophie.

Levy. — Eh bien, le caractère unique de l'expérience des premiers Israélites fut qu'ils conçurent un Dieu qui les protège. Il protège, mais en même temps il exige que l'on se conduise bien, sur le plan moral.

Halley, auprès de Cliff dans la salle de montage, regarde et écoute attentivement.

Levy. — Mais voici le paradoxe. Quelle est l'une des premières choses que demande Dieu ? Il demande à Abraham de lui sacrifier son fils unique bien-aimé. En d'autres termes, en dépit de millénaires d'efforts, nous n'avons pas réussi à créer l'image d'un Dieu totalement et vraiment d'amour. C'était au-delà de notre imagination.

Cliff arrête l'appareil. Halley se tourne vers lui.

Halley. — Il est vraiment intéressant.
Cliff. — Je sais. Fascinant.
Halley. — Il serait merveilleux pour notre série.
Cliff. — Ce serait extra. Vous voulez larguer Lester et le prendre à la place ? Ça me plairait.
Halley *(riant).* — On ne peut pas jeter Lester, mais je pourrais leur demander un financement pour vous.

Halley ôte ses lunettes et se frotte les yeux.

Halley *(suite).* — Et si tout ça se concrétise, et je pense que ça devrait, il nous reste quelques cases libres dans la grille de rentrée.
Cliff. — Ce serait épatant. Pour moi, faire quelque chose dans votre série, ce serait mon bâton de maréchal !

Cliff apporte deux tasses de café, en offre une à Halley.

HALLEY. – Oh ! du café. Merci.
CLIFF. – Ce serait la plus forte audience que j'aie jamais eue.
HALLEY. – Eh bien, travaillons-y. Réalisons-le.
CLIFF. – Vraiment ? J'ai des kilomètres de pellicule sur Levy. Vous savez, même si on vient de faire connaissance, j'ai eu une sympathie instantanée pour vous.
HALLEY *(désignant le petit écran).* – Et moi pour lui.

Intérieur, appartement de Babs, jour.

On sonne à la porte de l'appartement. Babs, la sœur de Cliff, vient ouvrir la porte. On découvre Cliff sur le palier, avec un sac de courses.

CLIFF. – Salut, je fais un saut en passant. J'ai un cadeau pour Jenny.
BABS. – Entre.
VOIX DE JENNY. – C'est toi, oncle Cliff ?
CLIFF. – Oui. Je t'ai apporté quelque chose.

Babs referme la porte. Cliff s'avance dans le living.

CLIFF. – Je t'ai trouvé un bouquin génial. Absolument formidable. *(Embrassant Jenny.)* Tu vas bien ?

Cliff sort de son sac un grand album de photos, et laisse tomber l'emballage.

CLIFF. – C'est un livre avec des photos du New York d'autrefois. Regarde, ça, c'est l'ancienne Cinquième Avenue. Tu vois ?
JENNY. – Oh, terrible !
CLIFF. – Je te le disais.
JENNY. – C'est super.
CLIFF. – Les calèches, les hauts-de-forme… Et il y a toute une série de speakeasies, là, c'est très intéressant… et là… ça, c'est le Flatiron Building, qui est célèbre. Ah ! Je tiens une forme aujourd'hui ! J'ai eu une éruption créative, j'ai l'adrénaline en ébullition. *(À Babs :)* Il paraît que tu as eu une réaction à ton annonce de rencontre ? Ç'a été sensationnel, j'imagine. *(À Jenny :)* Là, c'est le vieux Madison Square Garden. Il a déménagé plusieurs fois.
BABS *(l'interrompant)*. – Jen, tu n'as pas tes devoirs à finir ?
JENNY. – Oui, je vais m'y mettre.
CLIFF. – Eh bien, on continuera plus tard, mais il y a des photos fabuleuses là-dedans.
JENNY. – Oui, merci beaucoup.
CLIFF. – Ça va.

Jenny prend l'album et quitte la pièce. Cliff se tourne vers Babs. Celle-ci se laisse tomber sur un divan et pleure.

CLIFF. – Qu'est-ce qu'il t'arrive ?
BABS. – Je craque.
CLIFF. – Barbara… qu'est-ce que c'est ?
BABS. – Je suis cassée.
CLIFF. – Mais enfin…
BABS. – Je me sens mal.
CLIFF. – Qu'est-ce que tu as ?
BABS *(sanglotant)*. – J'en tremble encore. Je tremble comme ça depuis des siècles.
CLIFF. – Pourquoi ?
BABS. – Je… je suis sortie avec ce garçon que j'ai connu par les petites annonces.

Début de la musique : *Home Cooking*.

Début du flash-back.

Intérieur, le night-club Corso's, nuit.

Les clients du club assis à des tables bordant la piste de danse, sur laquelle se trouvent Babs et Murray, l'homme des petites annonces.

VOIX DE BABS *(pleurant)*. – Il est très séduisant. Je me sentais bien. Je suis sortie avec lui trois fois. Il ne s'est jamais permis de privautés. Le parfait gentleman. Alors…

Intérieur, appartement de Babs, nuit.

Babs et Murray entrent dans l'appartement obscur, et bavardent gentiment.

Voix de Babs. – Nous sommes rentrés ici tous les deux. Jenny n'était pas là, elle dormait chez une copine... Il était cinq heures du matin, par là, et nous avions tous les deux un peu bu...
Murray. – Tu sais, j'ai envie de t'attacher sur le lit.
Babs. – Vraiment ?
Murray. – Et déchirer ta robe.
Babs. – Oh !
Murray. – Tu as déjà été ficelée, ligotée pendant qu'on te faisait l'amour ?
Babs *(riant nerveusement)*. – Oh, c'est que je suis une fille romantique...
Murray. – Eh bien, tu ne l'es plus.

Murray attrape Babs par les cheveux et l'entraîne dans la chambre.

Babs. – Oh, Murray *(elle rit nerveusement)*. Oh...

Fin du flash-back.

Intérieur, appartement de Babs, jour.

Fin de la musique.

Cliff. – Barbara, je suis choqué de ce que j'entends. Tu es ma sœur, une gentille mère bourgeoise. Qu'est-ce que tu me racontes ?

Babs. – J'étais incapable de bouger. Attachée serré aux montants du lit...

Cliff. – Mon Dieu ! Par un étrang... euh, un type que tu ne connaissais même pas ? Et maintenant, tu vas me dire qu'il t'a violée, c'est ça ?

Babs *(pleurant)*. – Non... Il est venu sur moi et... et...

Cliff. – Et quoi ? Et quoi ?

Babs *(pleurant)*. – Je n'arrive pas à le dire ! Ça refuse de sortir.

Cliff. – Quoi ? Dis-moi. Qu'est-ce qu'il y a de si terrible ?

Babs *(pleurant)*. – Il s'est assis sur moi... et il a fait.

Cliff se révulse et cache son visage entre ses mains.

Cliff. – Oh ! Oh ! Oh ! C'est tellement dégoûtant ! Oh, mon Dieu ! C'est la pire chose que j'aie entendue de ma vie !

Babs *(pleurant)*. – Ensuite, il s'est rhabillé et il est parti.

Cliff. – Oh ! Barbara, espèce d'idiote ! Ce type aurait pu t'étrangler !

Babs *(pleurant)*. – J'aurais préféré !

Cliff. – Oh ! Tu es plus stupide que nature. J'aimerais pouvoir compatir, mais...

Babs *(pleurant)*. – C'est facile à dire pour toi,

mais je me sens tellement seule… Tu ne sais pas ce que c'est que de n'avoir personne.

Cliff se lève et marche avec agitation.

CLIFF. — Je le sais bien, que tu te sens seule. Je sais que c'est douloureux. Mais promets-moi que tu ne passeras plus jamais d'annonce, parce que c'est ridicule !
BABS *(pleurant)*. — Je vois ma vie défiler, et je n'ai personne à aimer. C'est difficile pour toi de le comprendre puisque tu es marié… La solitude, c'est l'enfer ! Mais toi, tu as une femme, tu l'aimes et c'est merveilleux.
CLIFF. — Euh, ça ne va pas tellement bien entre ma femme et moi. Ne te fais pas trop d'illusions… Nous… nous nous sommes détachés l'un de l'autre depuis un an, et ni elle ni moi n'avons l'énergie d'en finir. Ça n'a rien de merveilleux.

Intérieur, appartement de Cliff, nuit.

Dans son lit, Wendy lit un magazine. Cliff entre dans la chambre et s'assoit au bord du lit. Il commence à déboutonner sa chemise, et pousse un soupir.

CLIFF. — Un maniaque a… déféqué sur ma sœur.
WENDY. — Pourquoi ?

Wendy pose son magazine et branche la sonnerie du réveil.

CLIFF *(soupirant)*. – Je n'en sais rien. Puis-je donner une explication satisfaisante à cette question ? C'est que... la sexualité humaine est tellement mystérieuse... et finalement, en un sens, je crois que c'est un bien.

Wendy tourne le dos à Cliff pour s'endormir.

WENDY. – Eh bien, moi, je me lève à sept heures.

Extérieur, jardin de la maison de Judah, jour.

Judah et son frère Jack sortent de la maison et se promènent dans le jardin et autour de la piscine.

JACK. – Je me doutais qu'il y aurait un sale secret pour que tu condescendes à me téléphoner. Pour m'inviter officiellement dans ta maison.
JUDAH. – Jack, ne m'enfonce pas quand je suis en train de me noyer ! Vers qui puis-je me tourner, sinon vers mon frère ? J'ai toujours été là pour toi, non ?
JACK. – Eh bien, je suis là, non ?
JUDAH. – Évite-moi tes sarcasmes. Je n'ai pas « daigné t'appeler », je suis dans de très sales draps. Elle ne veut pas d'argent. Elle refuse d'entendre raison. J'ai même caressé l'idée de tout avouer à Miriam... mais elle le vivrait très mal... Ajoute à tout le reste ses menaces sur mes imprudences financières... Non que j'aie volé, mais j'ai été imprudent et... s'ils creusaient un peu, qui sait ce qu'ils pourraient découvrir ?

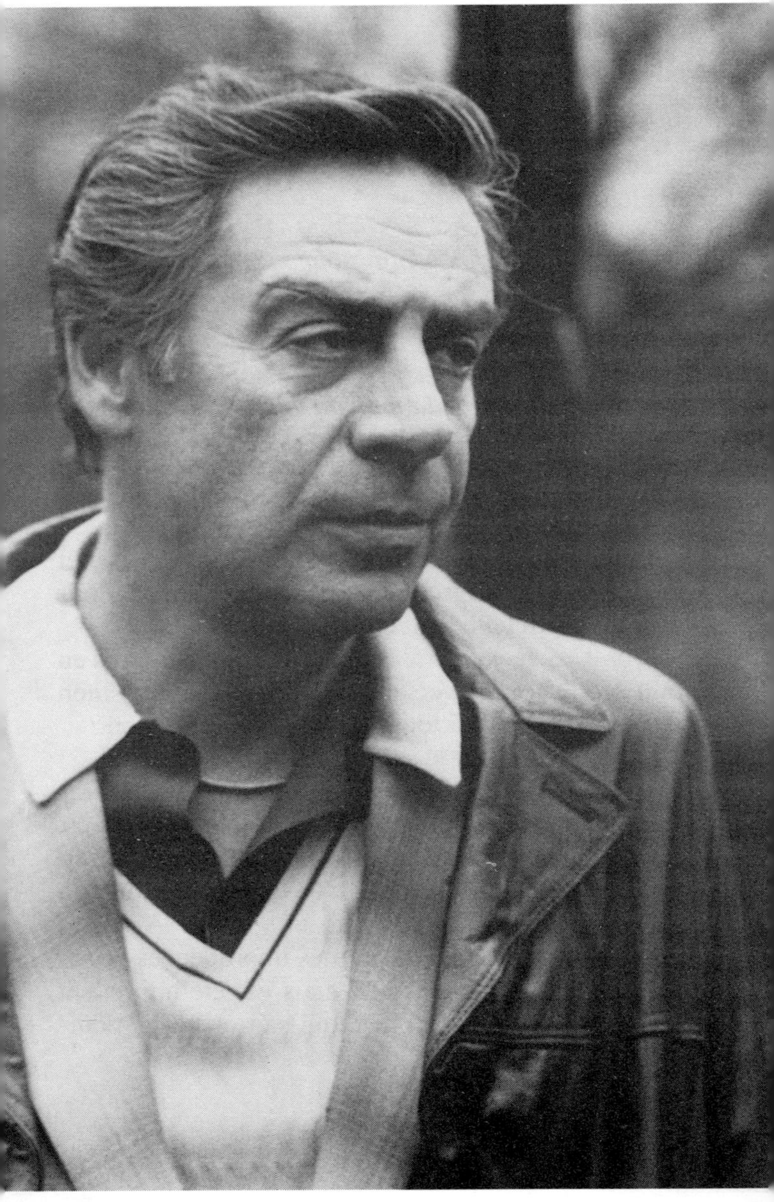

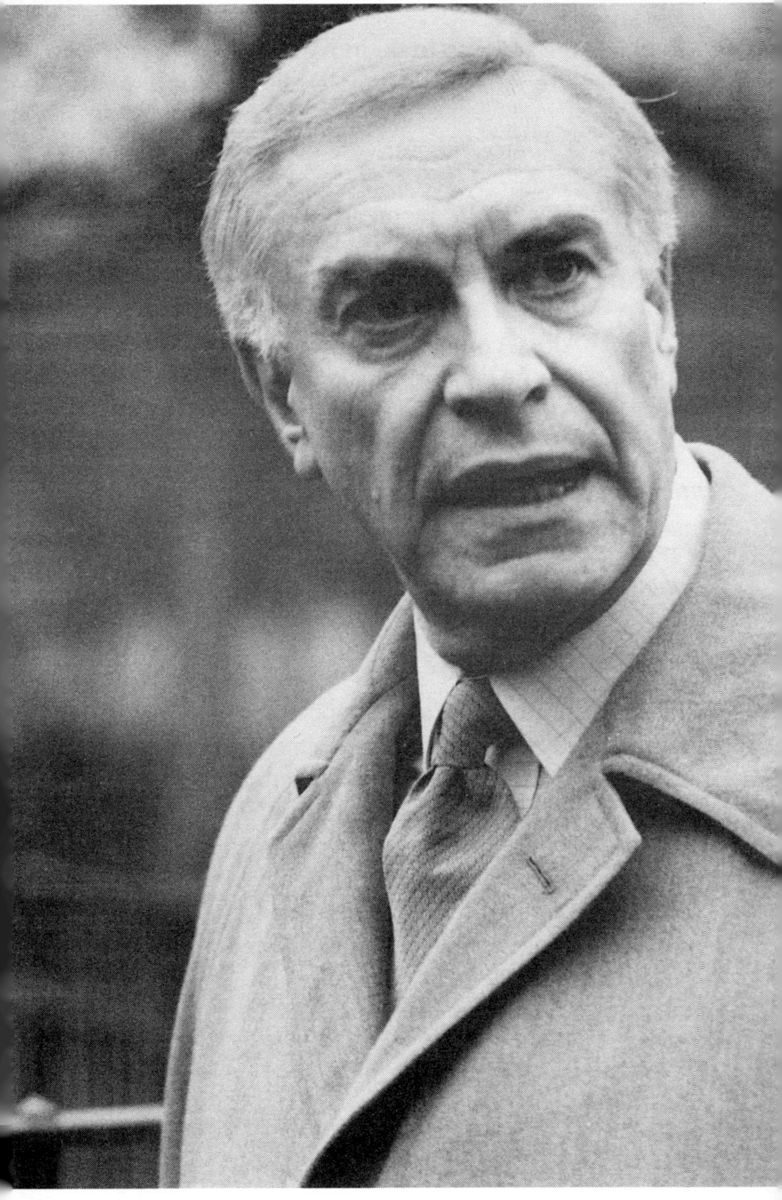

Jack. — Qu'attends-tu de moi au juste ?

Judah. — Je ne sais pas, mais elle me tue à petit feu.

Jack. — Tu veux que j'envoie quelqu'un la raisonner ?

Judah. — De quelle façon ?

Jack. — Avec fermeté.

Judah. — En la menaçant ? Je voudrais bien voir ça !

Jack. — Alors, comment veux-tu qu'elle la boucle ?

Judah. — Je ne sais pas, Jack. Je ne sais pas.

Jack. — Alors…

Intérieur, pavillon de jardin, jour.

Ils rentrent dans le pavillon. Judah va prendre dans un meuble une bouteille de whisky.

Judah. — Mon Dieu, Jack, qu'est-ce que tu as en tête ?

Jack. — Pourquoi m'as-tu appelé ?

Judah. — Je ne sais pas. J'espérais que tu aurais plus d'expérience dans ce genre de situation.

Jack. — Tu m'as appelé parce qu'il y a un sale boulot à faire. C'est toujours pour ça que tu te rappelles mon existence !

Judah. — Ce que tu peux être aigri !

Jack. — Bon, tu m'as dépanné plusieurs fois, et je n'oublie pas mes dettes.

Judah. — Des menaces ne feront qu'empirer les choses.

Judah débouche la bouteille et remplit un verre. Jack hausse les épaules.

JACK. – D'accord, oublions tout ça. Que veux-tu que je te dise ?

Jack s'assoit et commence à boire. Judah fait les cent pas.

JUDAH. – Comment pouvoir oublier ça ? Je me bats pour ma vie ! Cette femme va détruire tout ce que j'ai construit !
JACK. – C'est bien ce que je dis, Judah. Si elle refuse d'entendre raison, passons à l'étape suivante.
JUDAH. – Quoi ? Des menaces ? De la violence ? Mais où allons-nous en arriver ?
JACK. – Le mieux est de se débarrasser d'elle. Je connais les gens qu'il faut. Avec de l'argent, on achète tout ce qu'on veut.
JUDAH. – Je ne discuterai même pas de ça. C'est abominable !
JACK. – Alors, qu'attendais-tu de moi ?
JUDAH. – Pas ce genre de sale boulot, quoi que tu en penses. De toute façon, ça a dépassé le problème Miriam. Elle risque de dénoncer mes imprudences financières… J'ai la tête vide, je ne sais plus ce que j'attendais de toi, Jack, mais aide-moi !
JACK. – Tu ne te rends pas compte de ce qui se passe en ce bas monde. Tu es ici, bien à l'abri, au milieu de tes quatre hectares… avec ton country club, tes amis rupins. Dehors, dans le monde réel, c'est une tout autre histoire.

JUDAH. – Ce n'est pas de ma faute si j'ai réussi !

JACK. – Écoute, j'ai connu des tas de types, à l'époque où j'avais mon restaurant…

JUDAH. – Je connais toutes tes histoires.

JACK *(suite)*. – Depuis la Septième Avenue jusqu'à Atlantic City et ma réussite ne m'a pas coupé de la réalité. Je ne peux pas me permettre de garder les mains toujours propres. Toi, avec ton gros sac de nœuds, tu me regardes de ton haut…

JUDAH. – Je ne suis pas arrogant, Jack. Je ne dors plus, je suis irritable.

JACK. – D'accord, oublie ce que je viens de dire.

JUDAH. – Écoute, j'aimerais que les choses soient claires. Est-ce que je t'ai bien compris ? Tu suggères de l'éliminer ?

JACK. – Tu ne seras pas compromis, mais il me faudra de l'argent.

Judah se sert un verre.

JUDAH. – Qu'est-ce qu'ils vont faire ?

JACK. – Ils vont s'en occuper.

JUDAH. – Je n'arrive pas à croire que nous parlons d'un être humain. Jack, ce n'est pas un insecte. On ne peut pas l'écraser sous son pied.

JACK. – Je sais. Le jeu brutal, c'est pas ton truc. Tu n'as jamais aimé te salir les mains. Mais cette femme est bien réelle, et le problème ne va pas s'éloigner tout seul.

JUDAH. – Je ne peux pas faire ça. Je ne peux pas y penser.

Judah et Jack boivent.

Intérieur, cinéma de Bleeker Street, jour.

On projette le vieux film en noir et blanc Tueur à gages, *réalisé par Frank Tuttle. Un gentleman parle avec son machiavélique chauffeur.*

GATES. – Ne me dites rien. Je ne veux rien savoir de tout ça.
TOMMY. – C'est une œuvre d'art. Les cordons cèdent. Je noue les contrepoids à ses chevilles avec du boyau de chat.
GATES. – Quel horrible mot !
TOMMY. – Voyez ça sous le bon angle. Elle disparaît deux semaines, peut-être trois. Quand elle refait surface, les liens ont disparu. Aucune marque. Suicide. N'est-ce pas de toute beauté ?
GATES. – Abominable. Assurez-vous que personne ne vous voie.

Dans la salle, Cliff et Halley assistent au film.

CLIFF *(chuchotant).* – Des trucs pareils, ça n'arrive qu'au cinéma.
HALLEY *(chuchotant).* – Écoutez, on devrait rentrer. Lester va bientôt quitter l'hôtel.

Halley consulte sa montre-bracelet.

CLIFF *(chuchotant)*. — Non, tout va bien. On y arrivera. On a filmé Lester toute la semaine, j'en ai marre. On le rattrapera à temps.

HALLEY *(chuchotant)*. — Je n'aurais jamais dû vous dire que mon vice, c'est d'aller au cinéma dans la journée.

CLIFF *(chuchotant et riant)*. — J'y vais tout le temps avec ma nièce. C'est délicieux, comme l'école buissonnière.

HALLEY *(chuchotant)*. — Oui, c'est ce que vous avez dit hier, et on a été en retard.

CLIFF *(chuchotant)*. — On n'a rien perdu. Tenez... prenez un autre cheeseburger, c'est notre heure de déjeuner.

HALLEY *(chuchotant)*. — Merci. Vous savez, à la chaîne ils sont tous surexcités par le Pr Levy.

Halley déballe le sandwich et en prend une bouchée.

CLIFF *(chuchotant)*. — Parfait, j'ai des séquences formidables à vous montrer.

HALLEY *(chuchotant)*. — Tenez, je vous ai apporté un cadeau.

Elle lui tend une boîte de caramels Milk Dud.

CLIFF *(chuchotant)*. — Chouette ! Je vais pouvoir me débarrasser des quelques dents qui me restent.

Sur l'écran, la scène se termine :

Tommy. — Vous savez, patron, vous vous tracassez pour rien. Faites un bon dîner, ça vous calmera.

Gates. — Un si joli corps. C'est révoltant !

Ruby. — J'y comprends rien. Cette fille est tellement dingue de vous que j'en ai ras les oreilles. Et voilà que subitement elle se tire avec ce gros porc ! Pourquoi ? Si j'étais vous, Don Juan, je filerais à sa poursuite. Cette nana cherche les ennuis, ou je connais rien aux femmes.

Michael. — Ouais, merci.

Tommy. — Et quand ils l'auront retrouvée...

Gates *(l'interrompant)*. — Ne me dites rien !

Tommy. — OK. Ça restera entre le lac et moi.

Intérieur, appartement de Judah, nuit.

Un tapis roulant d'appartement, dans son emballage-cadeau, avec ruban et carte « bon anniversaire ». Autour du cadeau, Miriam, Sharon et Chris attendent Judah, qui est en train de descendre l'escalier intérieur.

Sharon, Chris et Miriam *(chantant)*. — Joyeux anniversaire, Judah. *(Rires.)*

Judah *(faussement surpris)*. — Un *home trainer* ! Exactement ce dont j'avais envie ! C'est censé me transmettre un message ?

Sharon *(riant)*. — Oui.

Miriam. — Tu disais que les balades à bicyclette t'ennuient...

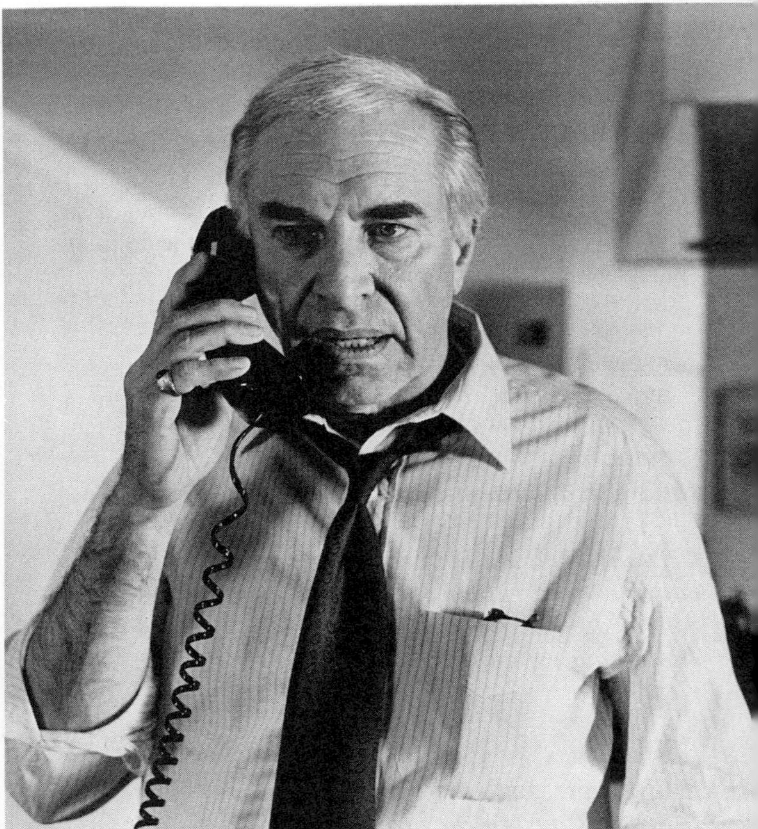

CHRIS. — Je crains que très vite tu ne trouves ça aussi casse-pieds !

SHARON. — De toute façon, tu es en pleine forme.

MIRIAM. — C'est pas tellement ennuyeux.

JUDAH. — Ouais, pour un homme de mon âge !

SHARON. — C'est ce que j'allais dire !

MIRIAM. — Je suis contente que ça te plaise. Tu m'as semblé un peu dépressif ces temps derniers.

Judah met ses lunettes et étudie les instructions inscrites sur l'appareil.

CHRIS. — Cet engin est excellent pour la tension. Pour la faire baisser.

JUDAH. — Comment ça marche ?

CHRIS. — C'est le même qu'au club. Celui que tu avais trouvé bien.

MIRIAM. — Les chiffres s'inscrivent sur le cadran. Brûler les calories. « MET », je ne sais pas ce que ça veut dire, M. E. T.

JUDAH. — Bon, mais où allons-nous le mettre ?

MIRIAM. — Je vais embaucher vingt hommes pour le monter au premier. *(Rires.)*

JUDAH. — Parce que ça ressemble à une sculpture moderne, ici dans le living.

MIRIAM. — Non, non, non, pas question que ça reste là !

CHRIS. — Mais ça nous dit combien de calories on a brûlées.

SHARON *(appelant)*. — Papa, papa, on te demande au téléphone... Miss Paley.

JUDAH. – Oh. Euh. C'est une patiente.
MIRIAM. – Comment ? Sur le poste privé ?
JUDAH. – Euh, oui… Je lui ai donné le numéro. Elle est dans une phase de crise.

Judah sort de la pièce.

MIRIAM *(à Judah)*. – Qu'est-ce qu'il se passe avec les abonnés absents ? Pourquoi ne prennent-ils pas les appels ?
SHARON. – Oh, c'est rien qu'une urgence.

Sharon prend position sur le tapis roulant.

Extérieur, une station-service, jour.

Del appelle d'une cabine publique, devant une station-service.

DEL *(au téléphone, pleurant)*. – J'appelle de la station-service en bas de la rue. Je peux être chez toi dans cinq minutes. Je viendrai, si tu ne me rejoins pas tout de suite !… Non, Judah ! Non !… Je veux te parler en personne, sinon j'arrive !

Del raccroche et commence à marcher de long en large.

Plus tard, dans une rue. Il pleut. Judah et Del sont assis dans la voiture de Del.

JUDAH. – Je t'en prie ! Tu te calmes !

DEL. – Tu m'avais dit que nous allions partir ensemble ! *(Pleurant.)* Je veux être seule avec toi ! Et à notre retour, je veux que tu fasses place nette avec Miriam !

JUDAH. – Écoute…

DEL. – Je ne peux pas continuer comme ça ! Je ne passerai pas ma vie à attendre !

JUDAH. – Del, écoute-moi. Peut-être que…

DEL. – Tu ne te rends pas compte de ce que j'endure !

JUDAH. – Tu devrais parler à quelqu'un, je veux dire un psychologue ou quelqu'un que tu connais…

DEL. – Te fiche pas de moi ! Mon Dieu, je tremble… *(Pleurant.)* Écoute… je t'ai apporté un cadeau d'anniversaire. Je sais à quel point tu aimes Schubert…

Del donne un paquet à Judah, en pleurant de plus belle.

Intérieur, appartement de Judah, nuit.

Judah descend l'escalier menant au living, au moment où un coup de tonnerre retentit, suivi d'un éclair. Judah marche jusqu'à la cheminée.

VOIX DE BEN. – Parfois, quand un couple est bâti sur un amour profond, avec le remords sincère d'une faute, on peut être pardonné.

Voix de Judah. — Je connais bien Miriam... ses valeurs... ses sentiments... La place de notre couple parmi nos amis...

Voix de Ben. — Mais quelle alternative as-tu si cette femme a l'intention de tout lui raconter ? Tu devras confesser ta trahison en espérant qu'elle comprendra... Moi, je ne pourrais pas vivre sans la conviction profonde d'une structure morale forte, avec une signification véritable, et l'existence du pardon. Et d'une puissance supérieure ! Sinon, je ne verrais aucune raison pour vivre. Et je sais qu'il y a une étincelle de cette notion quelque part, dans ton subconscient.

Assis sur le divan, Judah allume une cigarette.

Voix de Ben. — Pourras-tu vraiment aller jusqu'au bout ?

Voix de Judah. — Est-ce que j'ai un autre choix, Ben ? Dis-moi.

Voix de Ben. — Laisse à ceux que tu as blessés une chance de te pardonner.

Voix de Judah. — Miriam ne me pardonnera pas. Elle sera brisée. Elle m'adore. Elle sera humiliée publiquement. Cette femme est déterminée à provoquer un scandale.

Un éclair révèle la vision de Judah.

Ben. — Tu lui as fait des promesses ?

Judah. — Non. Peut-être lui en ai-je laissé entendre

plus que je ne voulais. Elle est si affamée de sentiment… Mais à présent, il y a plus que Miriam.

BEN. – Tu parles de tes imprudences financières ?

JUDAH. – Eh bien, il se peut que j'aie fait des opérations discutables.

BEN. – Tu devrais être le seul à le savoir…

Coup de tonnerre. L'image de Ben vient s'asseoir sur le divan à côté de Judah.

JUDAH. – Le mal est fait. Parfois c'est pire… pire que la prison.

BEN. – Il s'agit d'une vie humaine. Tu ne crois pas que Dieu te voit ?

Judah se tourne vers l'image de Ben.

JUDAH. – Dieu est un luxe au-dessus de mes moyens.

BEN. – À présent, tu parles comme ton frère Jack.

JUDAH. – Jack vit dans le monde réel. Toi, tu vis au royaume des cieux. J'avais réussi à me tenir à l'écart du monde réel… Mais il a fini par me retrouver.

BEN. – Tu t'es amusé avec elle pour ton plaisir, puis quand tu en as assez… tu veux la jeter dans l'égout ?

JUDAH. – L'unique solution, c'est celle de Jack. J'appuie sur un bouton, et je peux retrouver le sommeil.

BEN. – Tu pourras dormir après ça ? C'est ça, ta vraie nature ?

Judah. — Je ne veux pas me laisser détruire par cette malade.

Ben. — La loi, Judah ! Sans loi, tout n'est que chaos.

Judah *(ricanant)*. — Tu me rappelles mon père. À quoi sert la loi si elle m'empêche d'obtenir justice ? Ce qu'elle me fait, c'est juste ? C'est ça que je mérite ?

La vision de Judah cesse. Il décroche le téléphone, compose un numéro.

Judah *(au téléphone)*. — Allô, Jack ? C'est Judah. Je crois qu'il faut mettre en route le projet dont nous avons parlé.

Coup de tonnerre.

Judah *(au téléphone, suite)*. — De combien as-tu besoin ?

Intérieur d'un station-wagon, jour.

Lester et un producteur déambulant sur un trottoir, filmés de l'intérieur d'un station-wagon par Cliff, le véhicule les suivant en panoramique. Halley est assise avec Cliff dans le station-wagon.

Extérieur, campus d'un collège, jour.

L'ingénieur du son et Cliff reculent rapidement devant Lester qui marche en compagnie d'un professeur en devisant.

Intérieur limousine, jour.

Halley et Cliff, toujours en train de filmer Lester, assis à quelque distance et parlant dans un téléphone de poche.

Intérieur, bureau de Lester, jour.

Debout derrière son bureau, Lester étudie un scénario avec un auteur.

LESTER. – C'est pas drôle. Pas drôle du tout, les gars. Vous ne pensez pas comique. Il faut gamberger avec les oreilles, vous voyez ce que je veux dire ?

Nous découvrons d'autres scénaristes assis dans le bureau, puis Cliff et son équipe qui filment en continu.

LESTER. – Vous pigez ? Écoutez, voilà la différence, c'est facile à comprendre. Si ça plie, c'est drôle. Si ça casse, c'est pas drôle.

À ces mots cent fois ressassés, Cliff adresse une grimace à Halley.

LESTER *(aux scénaristes).* – Aussi bête que ça.

Alva, une grande Noire sculpturale, entre dans le bureau. Lester va à sa rencontre.

LESTER. – Les gars, je vous présente Alva.
ALVA. – Salut ! Ravie de vous connaître.

Cliff dirige sa caméra sur Lester et Alva, qu'il a prise par le bras. Lester s'en aperçoit.

LESTER. – Hé ! Ne filme pas ça, tu veux ?

Cliff acquiesce, mais dirige à nouveau l'appareil sur Lester dès qu'il ne fait plus attention à lui.

LESTER. – Alva jouera un petit rôle dans la nouvelle série. Je ne sais pas encore lequel, mais je le veux absolument. Elle sera géniale. *(À Alva :)* Formidable ! Tu es splendide.
ALVA. – Merci.

Lester ouvre la porte pour Alva, qui quitte les lieux.

LESTER. – Splendide. Ils t'adorent tous. Je te rejoins.

Lester referme la porte.

Lester. — Bon, on reprend.

Une maquilleuse s'approche de Lester et tente de le recoiffer mais il la repousse.

Lester. — Fais pas ça, tu me décoiffes! *(Aux autres :)* Très bien, vous avez compris ce que je veux dire?
Un scénariste. — Non.
Lester. — Pensez à Œdipe. Œdipe est rigolo. Œdipe, c'est toute la structure du comique. « Qui a fait cette chose épouvantable? Oh, mon Dieu, mais c'est moi! » Marrant.

De nouveau, la maquilleuse tente de lui donner un coup de peigne, mais il la repousse encore.

Lester. — La différence, c'est... Mais nom de Dieu, fais pas ça quand on tourne!

Début de la musique :
Suite anglaise n° 2 en la *mineur.*

Intérieur, salle de montage, jour.

Le petit écran de la visionneuse montre le Pr Levy marchant dans un parc enneigé.

Voix de Levy. — Vous remarquerez que nous tendons à un très...

L'image change sur le petit écran. Le Pr Levy est assis à son bureau.

La musique cesse.

Levy *(sur l'écran)*. – … étrange paradoxe quand nous tombons amoureux. Le paradoxe consiste dans le fait que, lorsque nous tombons amoureux, nous cherchons à retrouver la plupart des gens à qui nous étions attachés dans l'enfance. D'un autre côté, nous demandons à l'être aimé de réparer tous les torts que ces anciens parents ou semblables nous ont infligés.

Cliff et Halley regardent le petit écran.

Levy *(suite)*. – De sorte que l'amour porte en lui une contradiction : la tentative de retrouver son passé, et celle de réparer ce passé.

Cliff arrête la visionneuse et se tourne vers Halley.

Cliff. – Vous voyez ? Pas de poursuites en voitures, pas de nanas sexy, pas de tombolas, rien. Ce type est simplement un penseur. Un intello.
Halley. – En regardant ça, je pensais au prod… aux gens qui prennent la décision finale… Je crois que vous devriez mettre en relief sa conception de l'existence… C'est… c'est grand et ça encourage à vivre. Ils adorent les jugements optimistes.
Cliff. – Oui, oui, c'était exactement mon idée.
Halley. – Bien.

CLIFF. – C'est de ça que j'ai besoin : un peu d'intérêt, un peu d'encouragement, quelque chose comme ça… Euh, dites, j'ai reçu une bouteille de champagne comme récompense. Ça vient de Paris. Une mention honorable pour un petit docu sur la leucémie, et, euh, vous voulez un peu de champagne ?

HALLEY. – Je ne dis jamais non au champagne et au caviar.

CLIFF. – Tant mieux. Sauf que je n'ai pas de caviar. J'ai du riz complet, c'est meilleur pour le cœur.

Cliff s'éloigne un instant.

Début de la musique : *This Year's Kisses.*

HALLEY. – Il est particulièrement éloquent au sujet de l'amour, n'est-ce pas ?

CLIFF. – J'aurais dû le connaître avant de me marier. Ça m'aurait évité une opération de la vésicule.

Cliff débouche la bouteille de champagne, emplit les verres.

HALLEY. – Que disiez-vous ?

CLIFF. – Rien. Vous savez, il a écrit un livre passionnant sur les relations humaines. Il parle avec beaucoup de pénétration du coup de foudre, l'amour au premier regard.

HALLEY. – Mon ex-mari et moi sommes tombés

amoureux au premier regard. J'aurais sans doute dû y regarder à deux fois... Notez, c'était autant ma faute que la sienne.

Cliff. – Je remarque que vous portez toujours une alliance... Il y a une raison à ça ?

Halley. – Je ne sais pas. Je crois que je ne suis pas encore mûre pour l'ôter. Ça me rend service, ça m'évite d'être trop sollicitée.

Cliff. – Votre mariage a dû être une belle catastrophe, si vous ne supportez plus qu'on vous fasse la cour !

Halley. – Non, il était charmant. Très brillant. Il est architecte. Il avait tout pour lui. Mais si on veut me tromper, pas avec ma meilleure amie.

Cliff. – C'est pas vrai !

Halley. – Dans mon lit à baldaquin... Et surtout, il n'aurait pas dû manger toutes mes pistaches !

Sonnerie du téléphone.

Cliff. – Ça, c'est rédhibitoire ! J'espère que ça ne vous a pas dégoûtée des hommes...

Halley. – Je dois vous ennuyer avec ça.

Cliff *(décrochant le téléphone)*. – Au contraire ! *(Au téléphone :)* Allô ? Oui, elle est là, comment le savais-tu ?... Ne quitte pas. *(À Halley :)* C'est Lester.

Halley prend le combiné.

Halley *(au téléphone)*. – Allô ?... Oui, si tu y tiens... D'accord, au bureau ?... À neuf heures ?

Cliff réagit avec inquiétude.

CLIFF. – À neuf heures ? L'immeuble sera dans le noir ! Il n'y a plus personne au bureau !

HALLEY *(au téléphone)*. – Non, je n'en ai pas entendu parler.

CLIFF. – Le bureau est fermé.

HALLEY *(au téléphone)*. – Très bien, aucun problème.

CLIFF. – Vous serez seule avec Lester dans une pièce obscure.

HALLEY *(au téléphone)*. – C'est que le bureau à neuf heures *(riant),* c'est un peu effrayant.

CLIFF. – Absolument.

HALLEY *(au téléphone)*. – Bien sûr, l'hôtel est encore plus près. Ça m'arrange.

CLIFF. – L'hô… N'allez pas à l'hôtel !

HALLEY *(au téléphone)*. – Parfait, chambre 1911, d'accord. Je t'y retrouve. *(Elle raccroche.)*

CLIFF. – Vous ne pouvez pas aller à l'hôtel avec lui, c'est insensé !

HALLEY. – Soyez pas ridicule.

CLIFF. – Je ferais mieux d'aller avec vous.

HALLEY *(riant)*. – Et quoi encore ?

CLIFF. – Ce type, je le connais. Il va vous mettre des mains partout. Il va vous lire vos droits constitutionnels, et il arrachera vos vêtements…

HALLEY. – Allons, il veut simplement produire quelque chose avec moi.

CLIFF. – Votre premier enfant !

HALLEY. – Je n'ai jamais été séduite par un

homme qui porte des mocassins sans chaussettes... surtout quand il dit « infractus ».

CLIFF. – Il dit aussi : « écoutez voir » ! Ah ! je n'aime pas ça du tout !

HALLEY *(détournant la conversation).* – Pourquoi avez-vous une copie de *Chantons sous la pluie* ?

CLIFF. – C'est le seul film que je possède. Une très bonne copie 16 millimètres.

Cliff saisit une bobine du film.

CLIFF. – Je me le passe tous les deux mois, histoire de me remonter le moral.

HALLEY. – Je l'ai vu il y a je ne sais pas combien de temps. J'avais adoré.

CLIFF. – Ils le passent très souvent à la télévision. C'est sublime. Vous voulez le regarder ? Vous savez, je peux le passer là-dessus, bobine par bobine.

HALLEY. – Vraiment ?

CLIFF. – Ouais. Vous voulez qu'on dîne ensemble ?

HALLEY. – Vous n'avez rien d'autre à faire ?

CLIFF. – Non, et vous, vous avez jusqu'à neuf heures. Il y a un restaurant indien en bas, je vais passer la commande.

Intérieur, salle de montage, un peu plus tard.

Cliff et Halley mangent un repas indien tout en regardant le film sur l'écran de la visionneuse.

HALLEY. — J'adore la cuisine indienne.

CLIFF. — C'est fameux. Un peu de souris tandoori ?... Je plaisante !

HALLEY. — Vous reprenez du curry ?

CLIFF. — Trop épicé, mes dents sont en train de fondre.

Ils boivent un peu de champagne.

HALLEY. — C'est la façon parfaite de voir ce film.

CLIFF. — C'est génial, n'est-ce pas ? Quand vous irez rejoindre Lester, soyez sur vos gardes. Parce que ce type, il vous dit qu'il veut échanger des idées, et ce qu'il veut échanger, ce sont des fluides !

Halley sourit. Sur l'écran, les choristes chantent.

CHORUS GIRLS *(chantant)* :
Cher voyou, je pense à vous
La nuit, j'avoue.
Et le jour, c'est vraiment fou,
Je rêve de vous.
Mes pensées vont vers vous,
Vous êtes, mon chou,
Toutes les chansons que je chante.
L'automne et l'hiver m'enchantent
Et si les jours
Duraient toujours
Ils couleraient dans l'amour,
À rêver de vous
Le lundi, le mardi

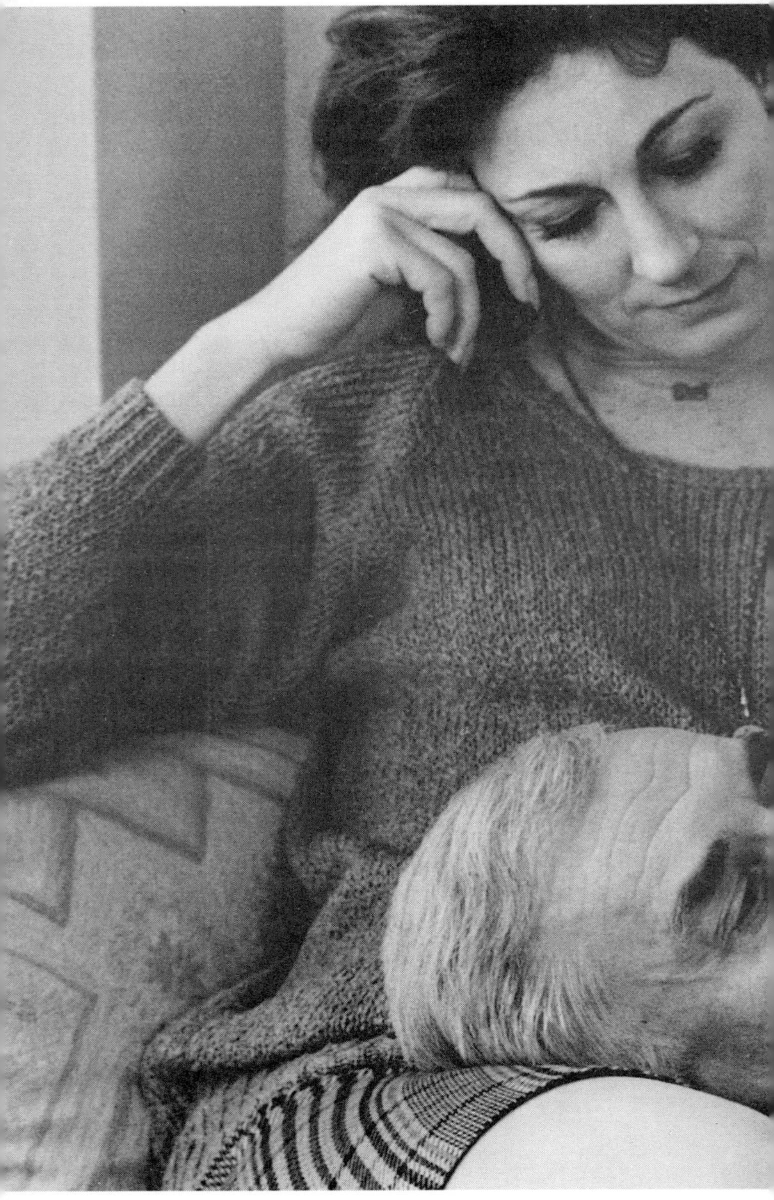

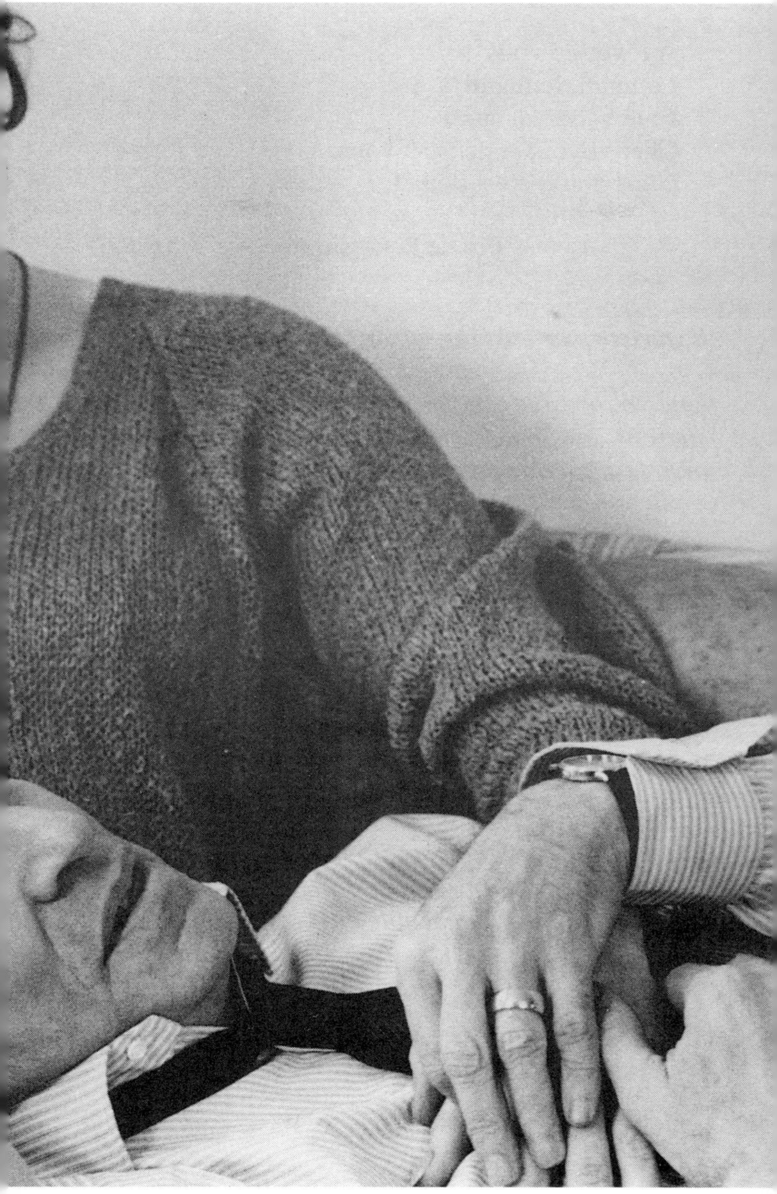

À rêver de vous
Le lundi, le mardi
Et le vendredi aussi
Cher voyou, je pense à vous.
C'est doux, c'est doux !

Fin de la musique.

Extérieur, un parking sur le toit d'un immeuble.

Une voiture émerge du plan incliné, son conducteur cherche une place, se gare, met pied à terre. En arrière-plan on voit un pont sur un fleuve. L'homme se dirige vers l'escalier de sortie.

Extérieur d'une boutique de vins et spiritueux, nuit.

Del donne de l'argent à un employé qui lui remet une bouteille enveloppée d'un sac en papier. Elle sort de la boutique et commence à marcher. L'homme du parking la surveille et la suit sans se faire voir.

Extérieur, l'immeuble où habite Del, nuit.

Del pénètre dans l'immeuble où elle habite. L'homme la laisse entrer, puis la suit.

Intérieur, appartement de Del, nuit.

Del sort la bouteille de vin du sac en papier et la met dans le freezer. Puis, ôtant son manteau, elle s'apprête à passer dans l'espace salle à manger, quand l'interphone sonne. Elle décroche.

DEL *(dans l'interphone)*. – Oui ?
VOIX MASCULINE. – Je viens livrer des fleurs.

Intérieur, appartement de Judah, nuit.

Les bûches flambent dans l'âtre. Miriam en ajoute une.

JUDAH *(à Sharon et Chris)*. – Tout ce que vous pouvez dire, c'est que vous n'êtes pas d'accord sur la destination de votre voyage de noces.
SHARON. – On finira bien par se mettre d'accord. On a envisagé des tas d'endroits.
CHRIS. – On ne se dispute pas, remarquez bien...

Tous sont assis près de la cheminée. – Chris, Sharon, Judah, Miriam et les parents de Chris, les Narian. M. Narian examine les livres dans la bibliothèque.

SHARON. – J'ai dit à Chris, tout comme à vous tous, que j'aimerais aller dans un endroit chaud. Avec des plages, vous voyez...
CHRIS. – N'essaie pas d'influencer mes parents, tu veux ?

Miriam *(intervenant)*. – Eh bien, il y a toujours les Caraïbes.
Mme Narian. – Et pourquoi pas ?
Sharon. – Mais je voudrais aussi faire de belles balades !
M. Narian. – Je préfère ne pas m'en mêler.

Le téléphone sonne. Sharon se lève pour aller décrocher.

Sharon *(à Chris)*. – Par exemple, je ne connais pas l'Australie.
Miriam *(à Mme Narian)*. – Où êtes-vous allée quand…
Judah *(la coupant)*. – En Australie ?
Chris. – L'Australie ? Rien à faire. J'aurais dû écouter mes copains. Suivre notre première idée.
M. Narian. – Et où vouliez-vous aller d'abord ?
Chris. – En Italie.
Sharon *(revenant)*. – Papa, c'est oncle Jack. Au téléphone.
Chris *(à la cantonade, suite)*. – Nous devions aller en Italie, je pensais que c'était réglé.
Miriam. – Eh bien, allez donc à Venise !

Judah, après un instant de flottement, se lève avec nervosité et sort.

Judah *(à Miriam)*. – Je le prends en haut.
M. Narian. – L'Italie est un pays merveilleux.
Chris. – Oui, on aura du soleil, on aura de la neige, on aura tout ce qu'on veut.

Miriam. — Vous n'aurez pas de neige… enfin, si, je crois que oui.

Mme Narian. — Il neige en Italie ?

Sharon. — Oui, mais je ne veux pas… enfin… toutes mes amies y sont allées, alors…

Chris. — C'est pour ça que tu ne veux pas y aller ?

Extérieur, une rue, nuit.

Jack se trouve dans une cabine publique.

Jack *(au téléphone)*. — Je voulais que tu saches que tout s'est bien passé. Net et définitif. Sans problème. Tu peux oublier tout ça.

Intérieur, appartement de Judah, nuit.

Dans sa chambre, Judah, assis sur le bord du lit, parle au téléphone.

Judah *(chuchotant)*. — Oh, mon Dieu ! Je suis bouleversé, Jack.

Extérieur, rue, nuit.

Jack *(au téléphone)*. — Je te le répète, c'est comme si tout ça n'avait jamais existé. Un simple cambriolage, rien d'autre. Alors, continue de vivre et passe un coup d'éponge.

Intérieur, appartement de Judah, nuit.

JUDAH *(chuchotant).* – J'en reste sans voix. J'ai besoin d'un verre… Qu'est-ce que je vais faire ?… J'ai des invités… *(Haletant.)* Que Dieu ait pitié de nous, Jack !

Judah raccroche le téléphone, se lève et passe dans la salle de bains. Il fait couler de l'eau et s'asperge le visage. Puis il prend une serviette et s'essuie lentement.

Intérieur, appartement de Judah, nuit.

Dans le living, Miriam, debout, boit une tasse de café.

SHARON *(à Miriam).* – C'est vrai que Mary se fait soigner par l'acupuncture ?
MIRIAM. – Elle a essayé.
SHARON. – Elle a fait ça plusieurs mois, n'est-ce pas ?
MIRIAM. – Oui, mais elle a arrêté.
CHRIS. – Ça ne lui a rien fait du tout.

Judah revient dans la pièce. Miriam s'adresse à lui. Il est blafard.

MIRIAM. – Tout va bien, chéri ?
JUDAH. – Moi ça va. C'est plutôt Jack…

Chris *(suite)*. – Elle porte encore une minerve pour conduire. Elle a du mal à tourner la tête.
Sharon. – Je sais, mais l'acupuncture lui a fait du bien.

Judah se laisse tomber sur le divan à côté de Sharon.

Mme Narian. – Nous discutions de médecines orientales.

Judah approuve vaguement. Il est en état de choc.

Mme Narian. – Une de mes amies a consulté un médecin chinois pour un problème oculaire. Il lui a enfoncé de la moustache de chat dans le canal lacrymal…
Chris. – Ça fait une semaine qu'elle nous raconte cette histoire. Elle adore ça.
Sharon. – C'est quand même surprenant.
Miriam. – Et que s'est-il passé ?
Mme Narian. – Ça l'a guérie.
Sharon. – Vraiment ?
Chris. – Tu m'as dit qu'il utilise aussi des fils d'argent.

Judah demeure sans réaction, les yeux dans le vague.

M. Narian. – Les acupuncteurs utilisent des aiguilles, pas du fil.

Début du flash-back.

Intérieur, appartement de Del, nuit.

Judah est allongé sur un divan, la tête sur les cuisses de Del. Il lui caresse la main.

Voix de Miriam. — Des fils très fins, presque invisibles.
Voix de Sharon. — Oui, mais c'est une technique différente. C'est pour une autre maladie, je crois.
Voix de Miriam. — Qu'en penses-tu, Judah ?

Fin du flash-back.

Intérieur, appartement de Judah, nuit.

Miriam caresse la tête de Judah. Tout le monde a les yeux fixés sur lui.

Miriam. — Judah, qu'en penses-tu ?
Judah. — Je pense... que j'ai fait une chose terrible.
Miriam. — Quoi donc, chéri ?
Judah. — Je... J'ai oublié des papiers au bureau... J'en ai absolument besoin ce soir.
Miriam. — Voyons, chéri, ça n'a rien de grave.
Judah. — Quelle négligence de ma part ! C'est la première fois que ça m'arrive ! *(Se levant.)* J'ai cette

conférence demain à la première heure, et j'en ai absolument besoin.

Miriam. — Tu ne vas pas aller les chercher maintenant, voyons. Tu les prendras demain matin.

Judah. — J'ai au moins une heure de travail dessus.

Miriam. — En plein milieu d'une soirée de famille !

Mme Narian. — Non, non, nous comprenons très bien.

Judah. — Je suis vraiment désolé, je… Je vous en prie, pardonnez-moi.

Mme Narian. — Ne vous excusez pas, c'est bien naturel.

Miriam. — Je n'aime pas qu'il conduise la nuit. Ça m'inquiète.

Judah. — C'est très impoli de ma part, mais…

Mme Narian. — Eh bien, Chris va le conduire.

Judah. — Non, non. *(À M. Narian :)* Stanley, je suis désolé, mais j'ai besoin de ces papiers.

M. Narian. — Je serai ravi de vous accompagner.

Judah. — Il n'en est pas question.

Judah serre la main de M. Narian, puis celle de Sharon.

Judah *(à Sharon).* — Ma chérie, excuse-moi, mais je dois y aller.

Mme Narian *(à Chris).* — Tu vas avec lui.

Chris. — Avec plaisir.

Judah. — J'ai passé une excellente soirée. Si vous êtes encore là quand je reviendrai…

Judah serre la main de Mme Narian.

JUDAH. – Merci.
MME NARIAN. – Ne vous faites pas de souci.

Judah prend la fuite. Mme Narian touche le bras de Miriam et lui parle à l'oreille.

MIRIAM. – Vraiment, je vous fais toutes mes excuses.
MME NARIAN. – Nous allons partir.
SHARON. – Ne vous inquiétez pas pour si peu.
MIRIAM. – Finissons le café. Asseyez-vous… Il ne tardera pas.

Extérieur, immeuble de Del, nuit.

La voiture de Judah vient s'arrêter le long du trottoir, en face de chez Del.

Musique :
Quartette n° 15 en sol *majeur de Schubert.*

Sorti de sa voiture, Judah inspecte avec précaution les alentours, puis traverse rapidement la rue.

Intérieur, couloir, nuit.

Le couloir est plongé dans la pénombre. Judah pousse la porte de l'escalier et inspecte les lieux avant de marcher jusqu'à la porte de l'appartement. Il commence à l'ouvrir avec sa clef.

Intérieur, appartement de Del, nuit.

La porte s'ouvre. Judah pénètre dans l'entrée, regarde dans la chambre de Del et a une réaction horrifiée.
Le cadavre de Del gît sur le sol. Une mare de sang s'étale autour de sa tête.
Examinant le cadavre, Judah voit les yeux de Del grands ouverts, qui semblent le fixer. Il s'assoit sur le lit et porte ses mains gantées à son visage. Il lui semble entendre la voix de Sol.

Voix de Sol. – Je le répète encore…

Début du flash-back.

Intérieur de la synagogue, sacristie, nuit.

Judah, enfant, est assis à une table avec Sol, son père, parmi d'autres fidèles.

Fin de la musique.

Sol. – Les yeux de Dieu voient tout. *(Murmures d'approbation.)* Écoute-moi, Judah. Absolument rien ne peut échapper à son regard. Il voit les bons et les méchants. Et les bons seront récompensés, mais les méchants seront punis... pour l'éternité.

Fin du flash-back.

Intérieur, appartement de Del, nuit.

Judah sort de la chambre de Del, portant les lettres qu'il lui a écrites. Il fourre le paquet de lettres dans sa poche, puis passe dans la cuisine. Il trouve le carnet d'adresses de Del et l'empoche. Dans le living, il remarque un tiroir ouvert et en vérifie le contenu. Puis il s'approche d'une autre table, et y prend une photo dans un cadre, qu'il examine, la respiration haletante. Avant de partir, il inspecte la pièce, jette un ultime regard dans la chambre, et quitte l'appartement.

Intérieur, appartement de Judah, nuit.

La chambre à coucher. Miriam est endormie. Elle a ouvert le lit du côté de Judah. Celui-ci, dans la salle de bains, assis contre le lavabo, tient sa tête dans ses mains. Il se frotte le visage avec lassitude.

Sonnerie du téléphone. Judah tressaille. Sortant de la salle de bains il va s'asseoir sur le lit et décroche.

JUDAH *(au téléphone, chuchotant).* — Allô ?... Allô ?

Pas de réponse au bout de la ligne. Judah réagit, regardant avec nervosité autour de lui.

JUDAH *(au téléphone, chuchotant).* — Allô ?... Allô ?

Judah appuie plusieurs fois sur le crochet, puis raccroche le combiné et se fige, l'œil dans le vague.

Intérieur, club de jazz, nuit.

En présence de nombreux clients, un petit ensemble de jazz joue sur une estrade.

Musique : *Rosalie.*

Nous découvrons Cliff, Lester, Wendy et Halley assis ensemble à une table dans la salle bourrée. Cliff regarde Lester avec mépris.

LESTER. — J'ai besoin de votre opinion. Je prépare une émission spéciale sur le jazz, et je voudrais savoir ce que vous en pensez. *(À Cliff :)* J'ai beaucoup d'admiration pour elle. *(À Halley :)* Tu leur as dit que je vais produire ton idée de série ?
HALLEY. — Non, non.
LESTER. — Oh ! C'est fabuleux. Génial. Elle veut adapter une histoire de Tchekhov chaque mois. Ce mec en a écrit des millions, vous savez.

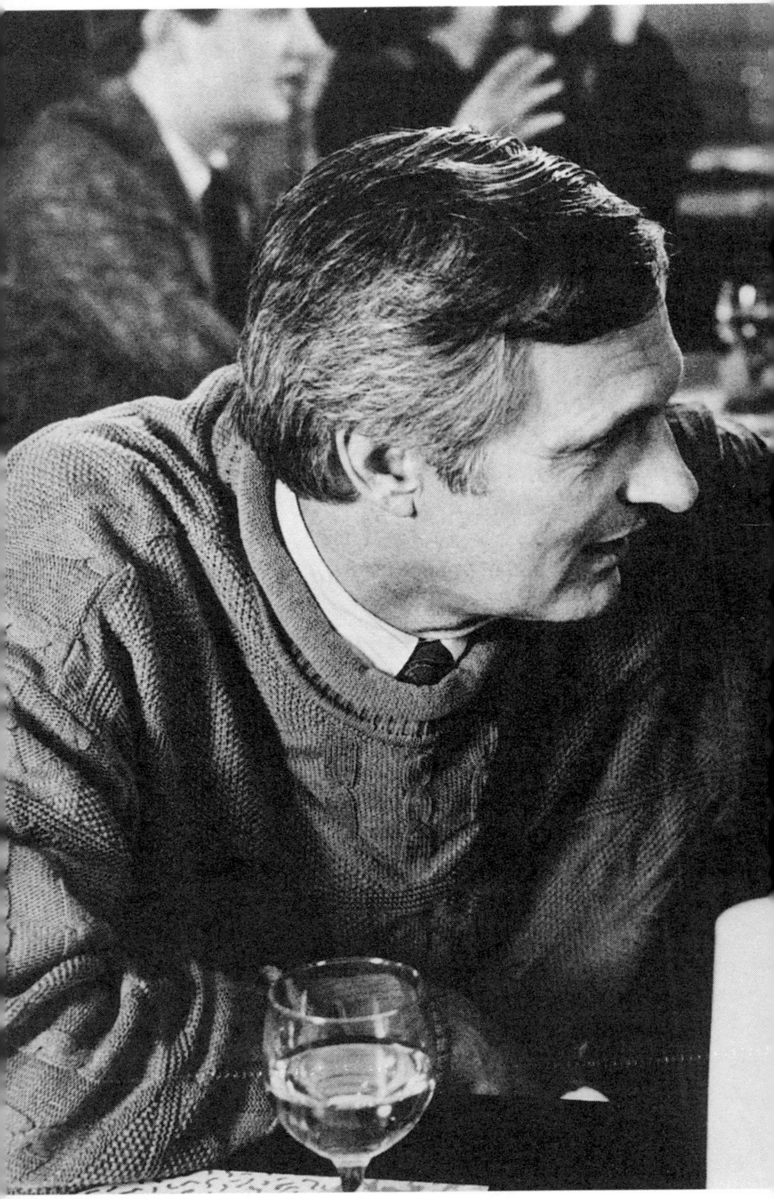

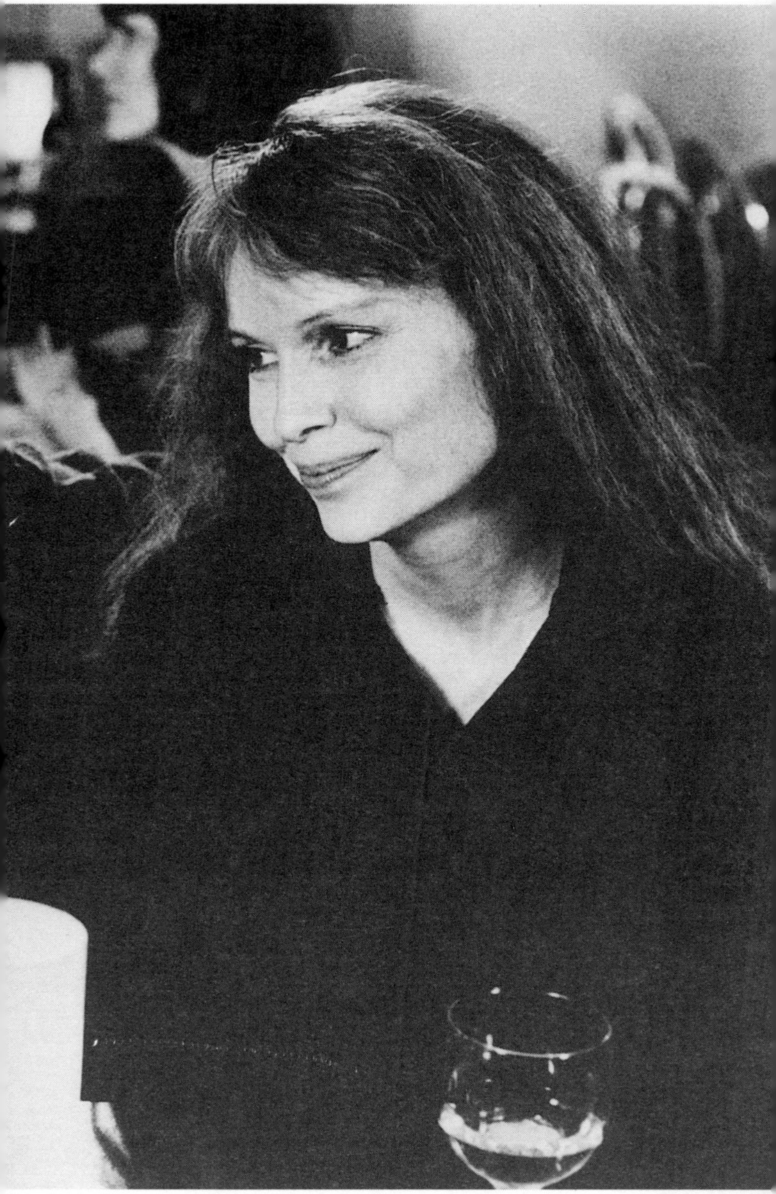

Halley. — Tu es gentil.

Lester. — Je te l'ai déjà dit : je suis de la glaise entre tes mains.

Halley. — J'aurais l'air fin, avec mes mains pleines de glaise !

Lester *(à Cliff et Wendy)*. — Regardez-la. Elle a toujours la réplique qui tue ! La fine mouche ! Elle m'éclate !

Cliff. — Vaut mieux qu'on s'en aille, parce que, hein, sinon, on aura besoin de ces petits sacs, comme dans les avions.

Wendy. — Oui, il faut partir. Je me lève à l'aube pour enseigner Emily Dickinson à une bande de junkies pleins de pognon.

Halley. — Une de mes poétesses préférées.

Cliff *(souriant à Halley)*. — À moi aussi.

Halley. — « Comme je ne pouvais m'arrêter pour mourir »...

Cliff. — « Le Trépas, aimablement, s'arrêta pour moi. » Ah ! Ce mot, « aimablement », hein ?

Lester. — « La charrette n'emportait que nous et l'Immortalité. Nous roulions lentement – Il ignore la hâte. Et j'avais abandonné mon Travail et mon Plaisir, en échange de sa Gentillesse. »

Wendy *(à Halley)*. — Au collège, Lester était le meilleur en littérature.

Lester *(à Halley)*. — Mais je n'ai jamais obtenu mon diplôme. Mais le plus stupéfiant, maintenant ce même collège donne des cours sur les Motivations Existentielles dans mes comédies !

Cliff manifeste son accablement.

    HALLEY. – Vraiment ?
    LESTER. – Ouais.

Cliff arbore un sourire exagéré.

    WENDY. – Où as-tu fait tes études, Halley ?
    HALLEY. – À Columbia.
    WENDY. – Columbia ? La classe ! Et tu es diplômée en quoi ?
    HALLEY. – En droit. Je me destinais à la magistrature.
    WENDY. – Tu n'as jamais exercé ?
    HALLEY. – Mais si, mais c'est là que j'ai connu mon mari et nous sommes partis pour l'Europe... Oh, c'est une histoire longue et ennuyeuse !
    WENDY *(à Cliff)*. – J'aimerais que tu retournes à ton ancien métier.
    CLIFF. – J'étais monteur pour les actualités cinématographiques, alors, vous voyez, inondations, incendies, famines... La déprime !
    LESTER *(à Halley)*. – On n'est pas tous obligés de partir.
    HALLEY. – Non, je m'en vais.
    WENDY *(à Lester et Halley)*. – J'ai une solution. Nous partons tous les deux, et vous, vous pouvez rester pour parler de votre série.
    CLIFF *(à Halley)*. – Je peux vous accompagner, si vous voulez.

Wendy jette un regard aigu à Cliff.

WENDY. – Nous partons.
LESTER *(à Halley)*. – Pourquoi n'irions-nous pas boire le dernier dans un endroit plus calme ?
CLIFF. – Ça, ça ne me déplairait pas. *(À Lester :)* Bonne idée.
HALLEY. – Non, merci, je suis fatiguée.
LESTER. – De quoi ? Il est encore tôt.
HALLEY *(soupirant)*. – Un autre jour.
LESTER. – Allons, rien qu'un petit verre…
HALLEY. – Sincèrement. Un autre jour.

Fin de la musique.

Intérieur, appartement de Cliff, nuit.

Cliff, assis sur le lit, commence de délacer ses chaussures. Wendy ôte ses bijoux et les pose sur la table de nuit.

CLIFF. – Ce que Lester a pu être odieux ce soir !… Il raconte qu'il veut travailler avec Halley, mais il n'arrête pas de la draguer.
WENDY. – Oh ! je t'en prie, de quoi tu te mêles ? Elle est vraiment amoureuse de lui, ça se voit.
CLIFF. – Tu plaisantes ! Tu me racontes qu'elle l'aime ?
WENDY. – Quoi de si étonnant ? Il est séduisant, il est riche, il est charmant… Il est fantastique !

Cliff. – Il est surtout ton frère. Tu as un préjugé favorable. En tout cas, elle l'a bien envoyé sur les roses ! Quand il a dit « Allons prendre un verre », elle a répliqué : « Un autre jour. » Ça m'a plu, ça. « Un autre jour. » C'était bien envoyé !

Wendy va dans la salle de bains.

Wendy. – Oh ! Allons !
Cliff. – « Un autre jour… » Ça, elle a de la réplique !
Wendy. – Tu es content ? Tant mieux.
Cliff. – Qu'est-ce qui te fait croire qu'il lui plaît ?
Wendy. – Tu n'as pas vu la façon dont elle l'a regardé toute la soirée ? Elle le mangeait des yeux !
Cliff. – Comme on regarde un monstre de foire.

Wendy sort de la salle de bains, pose un pot de crème sur la table de nuit, et déboutonne son chemisier.

Wendy. – Tu ne remarques rien, il faut te faire un dessin ? Tu manques totalement de romantisme, c'est ton problème.
Cliff. – Hé, chérie, c'est toi qui as cessé de faire l'amour avec moi ! Ça fera un an le 20 avril. Je m'en souviens parce que c'est l'anniversaire de Hitler.

Wendy ramasse des magazines sur le sol, puis défait ses cheveux.

Wendy. – Je ne veux plus discuter de ça. C'est clair ? Je te parie qu'en ce moment elle est en train de boire un verre avec lui.

Cliff déboutonne sa chemise, tandis que Wendy repart vers la salle de bains et s'y enferme.

Cliff. – Tu paries combien ? Combien ? Je suis sérieux… Hé !… Ah, toi, tu sais comment me faire marcher !

Cliff s'empare du téléphone et compose un numéro. Au bout d'un moment, on répond.

Cliff *(au téléphone, à Halley).* – Salut, c'est Clifford… Oui, je savais que vous étiez rentrée… On s'est bien amusés ce soir. Lester était tellement ridicule ! Ce type est tellement imbu de lui-même… Emmerdant comme la pluie… J'en avais honte pour lui… Qu… qu… Qu'est-ce qu'il fait chez vous ?… Vous parlez boulot à minuit ? Ça peut devenir très dangereux… Vous ne voulez pas que je vienne ?… D'accord, vous êtes une grande fille… Très bien, je vous verrai demain.

Cliff raccroche et se perd dans des pensées saumâtres.

Début de la musique : *Rosalie.*

Extérieur, Greenwich Village, jour.

Cliff sort d'une pizzeria avec sa nièce Jenny. Tous deux portent une part de pizza.

CLIFF. – Je suis complètement amoureux de Halley, et Lester commence à pousser son pion, c'est aveuglant. Et tout ce qu'il veut, c'est la culbuter. Ça crève les yeux, et moi je suis dingue d'elle. Et comment rivaliser avec un type riche et célèbre ?
JENNY. – Oh, il ne fait pas le poids en face de toi.
CLIFF. – Que Dieu te bénisse t'avoir dit ça. Mais tu apprendras bientôt que… que la profondeur et la sensualité brûlante ne gagnent pas toujours, désolé de te le dire… En tout cas, son frère Ben… Tu connais Ben, le rabbin ?
JENNY. – Oui.
CLIFF. – Un être merveilleux. Eh bien, ce pauvre type m'a téléphoné hier soir. Il est en train de perdre la vue. Il souffre d'une terrible maladie des yeux. D'ici quelques mois, il sera aveugle, et il prend ça avec un courage !… Ça, c'est un vrai *mensch* !

Intérieur, cabinet de Judah, jour.

Dans la pièce sombre, Ben appuie son visage contre un binoculaire. Une petite tache lumineuse se pose sur son œil droit, manipulée par Judah.

JUDAH. – Très bien. Regarde vers la gauche. Au milieu, maintenant. Maintenant, à droite. Très bien…

Vision de Judah.

Intérieur, appartement de Del.

Del, accompagnée de Judah, rentre chez elle.

Del. – Ma mère m'a dit que je devrais consulter un médecin. À cause de mes yeux. Alors, comme tu es ophtalmologue…
Judah. – C'est vrai.
Del. – Tu crois aussi que les yeux sont les fenêtres de l'âme ?
Judah. – Je crois que ce sont des fenêtres, mais…

Judah s'approche de Del et la regarde dans les yeux. Elle lui sourit.

Judah *(suite)*. – … mais je ne suis pas sûr d'y voir une âme.
Del. – Maman m'a enseigné que j'avais une âme, et qu'elle continuera de vivre après ma mort. Et si on regarde assez profond dans mes yeux, on pourra la voir.

Judah s'approche encore plus, et ils s'embrassent.

Voix de Ben. – Alors, quel est le verdict ?

Fin de la vision.

Intérieur, cabinet de Judah, jour.

Ben. – J'aimerais savoir où j'en suis avant le mariage de ma fille.

Judah ouvre un secrétaire et y prend un dossier.

Judah. – Julie va se marier ?
Ben. – Le temps passe vite, pas vrai ? Hier elle n'était encore qu'un bébé… comme ta fille.
Judah. – Oui, oui…
Ben. – Tu te sens bien, Judah ? Tu as une sale mine.
Judah. – Je vais bien. Je dors très mal en ce moment.
Ben. – Dis-moi – sans indiscrétion – où tu en es de ton problème personnel.
Judah. – Oh, oui. Euh… Ça s'est résolu de soi-même. Cette femme a fini par entendre raison.
Ben. – Vraiment ? C'est merveilleux. Alors, te voilà soulagé. Parfois, la chance constitue le meilleur plan de bataille.

Extérieur, un parking près du fleuve, jour.

La voiture de Judah est garée auprès de celle de Jack, à l'intérieur de laquelle s'entretiennent Jack et Judah assis côte à côte.

Jack. – Calme-toi, Judah, tu es blafard. Tu vas piquer une déprime. Tout est fini.

JUDAH. – Tu crois que je suis redevenu comme avant ? Quand le téléphone sonne, je saute en l'air ! Ça finira très mal.

JACK. – Ne culpabilise pas tant. Je t'ai laissé en dehors de tout. Le responsable est parti. Il est retourné à La Nouvelle-Orléans.

JUDAH. – Le mal à l'état pur. Un homme tue pour de l'argent. Il ne connaît même pas ses victimes... il tue, on le paye, et il continue de tuer.

JACK. – Avais-tu une autre solution ?

JUDAH. – Comment ai-je pu tomber si bas ? Quel rêve poursuivais-je ?

JACK. – Judah, tu t'es répété ça un million de fois... Tu n'as qu'une seule vie !

JUDAH. – Je suis allé chez elle après... récupérer des objets compromettants. Je l'ai vue, les yeux fixes. Une chose inerte. En regardant ses yeux... il n'y avait rien derrière... Tout ce qu'on pouvait voir... c'était un trou noir...

Intérieur, voiture de Judah, jour.

Judah, le regard fixe, roule sous un tunnel routier. Judah a une vision intérieure.

Intérieur, synagogue, soir.

Les fidèles prient dans la synagogue.

Intérieur, voiture de Judah, jour.

La voiture sort du tunnel.

Extérieur, maison d'enfance de Judah, jour.

Dans la rue, Judah marche vers la maison où s'est déroulée son enfance. Il s'immobilise dans l'allée du jardin et regarde la maison. La propriétaire l'interpelle.

La propriétaire. — Je peux vous aider ?
Judah. — Oh !... Je... J'ai vécu dans cette maison, autrefois.
La propriétaire. — Vraiment ? Quand ça ?
Judah. — Il y a longtemps.

Intérieur, maison d'enfance de Judah, jour.

La femme et Judah se tiennent sur le seuil de la salle à manger. Judah désigne divers points de la pièce.

Judah. — Mon frère et moi, nous courions à travers les pièces... Un gosse formidable, mon frère. Nous étions très proches, à l'époque. Mon père avait de grands projets pour lui, mais il n'a jamais réussi grand-chose.

Judah franchit une porte et passe dans le living, suivi par l'actuelle propriétaire.

JUDAH. – Ça ne vous ennuie pas si je reste une minute ? Tant de choses me reviennent en mémoire...
LA PROPRIÉTAIRE. – Je vous en prie.

Vision de Judah.

Intérieur, maison d'enfance de Judah, jour.

Judah examine la salle à manger. On entend le brouhaha d'une famille. Autour de la table, le père de Judah, Sol, son frère Jack et la sœur de Sol, May, en compagnie de plusieurs autres convives.

SOL. – Baruch atah adonoi elo-hey-nu-mei-lech. Ha-olam asher Kid-sha-nu b'mitz-vo-tov v'tzi-va-nu al a-chi-lat-ma-r-ror*.
MAY. – Dépêche, Sol. Finis-en, j'ai faim.
SOL. – Tu permets, oui ?
MAY. – Tout ça, c'est du charabia. Pourquoi embêter tout le monde avec ce prêchi-prêcha ? Qu'on apporte à manger !
SOL. – Je demande pardon pour l'irrespect de ma sœur.

---

* Bénédiction du repas, pour la Pâque juive *(NdT)*.

La vision de Judah se poursuit. Debout sur le seuil, il contemple sa famille. Il se voit, enfant, assis entre Jack et une parente.

MAY. – Ne leur bourre pas le crâne avec cette superstition.

SOL. – Oh ! L'intellectuelle a parlé ! La maîtresse d'école… Pour une fois, épargne-nous ta philosophie léniniste.

MAY. – Tu as peur que, s'ils n'obéissent pas aux règles, le Seigneur te punisse ?

SOL. – Pas moi. Il ne punit que les corrompus.

MAY. – Qui, par exemple ? Hitler ?

SOL. – May, nous sommes en plein Service de Pâque.

MAY. – Six millions de Juifs exterminés, et ils s'en tirent !

SOL. – Hé ! Comment s'en sont-ils tirés ?

MAY. – Allons, Sol, ouvre les yeux. Six millions de Juifs, et des millions d'autres, et ils n'ont pas été punis !

MOE *(intervenant).* – Comment des êtres humains ont-ils pu agir ainsi ?

MAY. – La force prime le droit. Et si les Américains n'étaient pas intervenus…

SOL. – Je n'aime pas ce genre de propos pendant mon Seder !

MAY. – Très bien, d'accord. Parfait.

LE PETIT GARÇON. – Je trouve ça intéressant.

MAY. – Et moi donc ! Écoutez, il y a une blague sur le boxeur qui monte sur le ring. Alors son frère se tourne vers le prêtre de la famille et lui dit : « Père, priez pour lui. » Alors le prêtre dit : « C'est ce que je vais faire. Mais s'il a un bon punch, ça aidera. »

Hilarité quasi générale, murmures indistincts.

STAN. – Qu'est-ce que tu veux dire, May ? Tu mets en doute la structure morale de l'univers ?

MAY. – Quelle structure morale ? Voilà le genre de sornettes que tu enseignes à tes élèves ?

STAN. – Tu ne crois pas que les impulsions humaines soient bonnes à l'origine ?

MAY. – À l'origine, il n'y a rien du tout.

SOL. – Ma sœur est tellement cynique. Une vraie nihiliste. Retourne donc en Russie !

AL *(intervenant)*. – Eh bien, écoutez. Moi, je suis d'accord avec May au sujet du prêchi-prêcha.

SOL. – Comment oses-tu dire ça ? Tu viens à toutes les cérémonies. Tu fais tes prières en hébreu.

AL. – Je suis le mouvement, voilà tout. C'est une habitude, comme tous les rituels.

STAN. – Qu'est-ce que tu dis de ça, May ? Il n'existe aucune morale dans l'univers ?

MAY. – Pour ceux qui veulent de la morale, il y a de la morale. Rien n'est gravé dans le marbre.

BEVERLY *(intervenant)*. – Sol possède une foi innée. C'est un don, comme avoir l'oreille musicale ou savoir dessiner. Il a de la foi, vous pouvez lui balancer de la logique toute la journée sans parvenir à l'ébranler.

SOL. – Est-ce qu'il doit y avoir de la logique dans tout ?

Judah adulte intervient alors dans le débat. Tous se tournent vers lui.

JUDAH. – Et si un homme commet un crime ? S'il tue quelqu'un ?
SOL. – Il sera puni, d'une façon ou d'une autre.
AL. – À condition qu'on le prenne, Sol.
SOL. – S'il n'est pas pris, la graine de sa mauvaise action donnera naissance à des fruits pourris.
AL. – Je trouve que tu t'appuies un peu trop lourdement sur la Bible.
SOL. – Non, non, non ! Qu'on se réfère à l'Ancien Testament ou à Shakespeare, le crime finit toujours par être découvert.
JUDAH *(réagissant)*. – Qui a parlé de crime ?
SOL. – C'est toi.
JUDAH. – Vraiment ?
MAY. – Je prétends que s'il peut tuer et s'en tirer, à condition de ne pas s'encombrer d'éthique, il est assuré de l'impunité.
STAN. – Oh ! May !
MAY. – Ne l'oubliez pas, l'histoire est écrite par les vainqueurs. Si les Nazis avaient gagné, les générations suivantes considéreraient la Seconde Guerre mondiale de façon radicalement différente.
SOL. – Judah, ta tante est une femme brillante, mais sa vie a été une catastrophe.

May pouffe.

AL. — Et si ta foi se trompait, Sol ? Hein ? Si...

SOL. — Alors, j'aurais une vie plus agréable que tous ceux qui doutent.

MAY. — Une minute. Tu essaies de me dire que tu préfères Dieu à la vérité ?

SOL. — En cas de besoin, je préférerai toujours Dieu à la vérité.

UNE CONVIVE. — Je suis d'accord avec lui. Parfaitement.

JUDAH. — Je comprends, papa. Ça devient intéressant !

Intérieur, cabinet de Judah, jour.

Judah arrive à son cabinet. Un patient attend dans la salle adjacente. L'infirmière pose un dossier à l'entrée de Judah.

L'INFIRMIÈRE. — Oh ! Vous allez bien ?
JUDAH. — Oui.
L'INFIRMIÈRE. — Je m'inquiétais, il est tard.
JUDAH. — J'avais à faire.
L'INFIRMIÈRE. — Mme Ames vous attend.
JUDAH. — Il y a des messages ?
L'INFIRMIÈRE. — Oui, il y en a un assez bizarre. Un certain inspecteur O'Donnell veut vous voir pour affaire vous concernant.

Judah a une réaction inquiète.

L'INFIRMIÈRE. – J'ai essayé de lui demander des détails, mais il a insisté pour vous parler personnellement.

Judah se fige.

Intérieur, cinéma de Bleeker Street, jour.

Le vieux film en noir et blanc Happy Go Lucky *est projeté sur l'écran ; Betty Hutton, dans le rôle de Bubbles, chante, accompagnée d'un orchestre.*

        Musique : *Murder, He Says.*

BUBBLES *(chantant)* :
« Tu me tues », qu'il me dit
Entre deux gros bisous.
« Tu me tues », qu'il me dit.
D'accord, mais ces mots doux
Ce « Tu me tues » qu'il dit
De sa voix d'amadou
Risque de me donner l'envie
De le tuer.
Parce qu'il m'appelle Jackie
Et que mon nom, c'est Marie…

Extérieur, cinéma de Bleeker Street, jour.

Cliff et Jenny sortent de la salle et marchent en discutant.

CLIFF. — C'est pas un grand film, mais c'est amusant.

JENNY. — Oui, j'ai bien aimé... Je crois que, quand je serai grande, je serai actrice.

CLIFF. — Je t'en prie, ne fais pas l'actrice ! Je veux que tu sièges à la Cour suprême... ou alors docteur. Tu sais, le métier du spectacle, c'est... Le loup mange le loup... C'est même pire que ça ! Le loup ne répond jamais aux appels téléphoniques du loup... et c'est épouvantable... Ça me fait penser que je dois appeler mes abonnés absents.

Cliff et Jenny s'arrêtent à la hauteur d'une cabine publique. Cliff décroche, met une pièce et compose son numéro.

CLIFF *(suite)*. — Je me demande pourquoi, d'ailleurs. Je n'ai pas eu un seul message depuis sept ans. J'appelle, et j'entends la fille pouffer de rire.

JENNY. — Comment va Halley ?

CLIFF. — Oh, super. Je vais lui faire des avances, un de ces quatre...

JENNY. — Ah, oui ?

CLIFF. — Seulement, j'ai un dilemme moral, puisque je suis marié... Mais ça ne te concerne pas. *(Au téléphone :)* Allô, ici Clifford Stern. Des messages ? Vous voulez bien vérifier ? *(À Jenny :)* Ouais, euh, mon cœur dit une chose, ma tête en dit une autre, tu vois ? Très, très dur, dans la vie, d'avoir le cœur et la tête à l'unisson... D'autant que, dans mon cas, ils ne peuvent pas se piffer ! *(Au téléphone :)*

Oui?... *(Bouleversé.)* Vous êtes certaine?... Non, non, merci.

Cliff raccroche lentement.

    JENNY. — Qu'est-ce qui ne va pas?
    CLIFF. — Le Pr Levy... s'est suicidé.

Intérieur, salle de montage, jour.

Cliff est penché sur l'écran de la visionneuse Steenbeck, où l'on voit le Pr Levy.

    LEVY. — Mais il ne faut jamais oublier que, depuis le jour de notre naissance, nous avons besoin d'énormément d'amour pour nous persuader de rester en vie... Si nous recevons cet amour, il reste généralement inscrit en nous, et il dure. Mais l'univers est impitoyable. C'est nous qui l'investissons, avec notre émotivité... Mais, dans certaines circonstances, nous sentons que la vie ne vaut pas d'être vécue...

La bobine s'achève, et l'écran devient blanc.

    HALLEY. — Je suis venue dès que j'ai appris... J'ai pensé que vous ne voudriez pas rester seul.
    CLIFF. — Oh! Mon Dieu, c'est épouvantable. Il était en parfaite santé... Et il a laissé une lettre. Un petit bout de papier tout simple, où il avait écrit : « Je saute par la fenêtre. » Voilà un intellectuel de haut

niveau, et il laisse en adieu : « Je saute par la fenêtre » ! Bon Dieu, qu'est-ce que ça signifie ? Cet homme était un phare !... Il aurait pu laisser un message à la hauteur !

HALLEY. – Oui, mais quoi ? Il avait de la famille ?

CLIFF. – Euh, non. Ils ont tous été tués pendant la guerre. C'est ça qui est si insensé. Il avait connu les pires épreuves de la vie, et il était tellement optimiste. Il disait toujours oui à la vie. Oui, oui. Et aujourd'hui, il dit non !

HALLEY. – Vous imaginez le choc, chez ses étudiants ? Ils vont être déboussolés.

CLIFF. – Moi, je n'y connais rien en suicide. Dans mon enfance à... euh, Brooklyn, on ne se suicidait jamais... jamais. On était bien trop pauvres pour ça.

Cliff retire la bobine de la visionneuse.

HALLEY. – Vous savez, ça risque de mettre l'éteignoir sur notre projet.

CLIFF. – J'ai au moins cent kilomètres de film sur ce type, où il raconte que la vie est la plus magnifique des choses, et subitement... Je n'ai plus qu'à faire fondre la pelloche pour en faire des peignes !

Cliff empile les bobines sur une étagère.

HALLEY. – J'étais en train de me dire que, quelle que soit la perfection d'un système philosophique... finalement, il ne peut expliquer les mystères de l'existence.

CLIFF. – Je suis complètement bouleversé. Excusez-moi de vous avoir semblé de mauvaise humeur, mais ç'a été un tel choc…

HALLEY. – J'avais seulement voulu être avec vous…

Cliff s'approche de Halley, et l'embrasse maladroitement. Elle le repousse avec gentillesse.

HALLEY. – Ne faites pas ça.

CLIFF. – Je… je… j'en avais envie depuis des semaines. Vous vous en êtes rendu compte…

HALLEY *(soupirant)*. – Vous êtes marié.

CLIFF. – Oui, je sais… Mais ça ne va pas durer. Depuis que… enfin… vous comprenez…

HALLEY. – Mais moi, je ne suis pas prête.

CLIFF. – Ouais, ouais… Il y a quelque chose que vous ne voulez pas me dire ?… Il y a un autre homme ? Ne me dites surtout pas que c'est Lester !

HALLEY. – C'est moi. Moi seule. Je n'ai pas encore récupéré de mon divorce… je me sens encore inquiète pour ma carrière. J'ai besoin de me sentir plus forte.

Cliff effleure avec tendresse la joue de Halley. Il soupire, puis lui plaque un long baiser.

HALLEY. – Ne m'embrouillez pas, je vous en prie.
CLIFF. – Je n'essaie pas de vous embrouiller.
HALLEY. – Je ne sais même plus ce que je fais. *(Soupirant.)* Je ferais mieux de partir. Il faut que je parte tout de suite.
CLIFF. – Vous venez juste d'arriver.

Halley se dirige vers la porte.

HALLEY. – Je sais, mais... vous comprenez...
CLIFF. – Je suis désolé. Je n'avais pas l'intention de...
HALLEY. – Non, c'est pas grave. On se voit bientôt.

Halley sort de la salle de montage. Seul dans la pièce, Cliff regarde tristement la porte close.

Intérieur, cabinet de Judah, jour.

Judah ouvre la porte de son bureau, et regarde dans la salle de réception.

JUDAH. – Entrez, je vous en prie.

L'inspecteur de police Mike O'Donnell entre dans la pièce. Judah ferme la porte et va prendre place derrière son bureau.

JUDAH. – Nous avons lu ça dans le journal... C'est une chose terrible. Vous voyez, elle me consultait depuis plusieurs années, et... Mais asseyez-vous.
MIKE. – Merci.

Tous deux s'assoient.

MIKE. — Rien que quelques questions, docteur. Le rapport a établi qu'elle vous avait téléphoné de nombreuses fois, ici et à votre domicile.

JUDAH. — Oui, elle s'inquiétait beaucoup pour sa vue.

MIKE. — De quoi souffrait-elle ?

JUDAH. — Ma foi, rien de sérieux. Elle avait des points lumineux, ça lui faisait peur, et... Je ne lui ai rien découvert de grave, et je lui ai dit que c'était une chose fréquente.

MIKE. — Elle était hypocondriaque ?

JUDAH. — Non, je ne dirais pas ça... mais elle se faisait du souci.

MIKE. — Elle ne vous a jamais rien dit qui ait rapport avec l'affaire ?... Vie privée ?... Fréquentations ?

JUDAH. — Non. Pas vraiment.

MIKE. — Par qui vous avait-elle été envoyée ?

JUDAH. — Sincèrement, je ne m'en souviens pas. Sans doute un autre de mes patients.

MIKE. — Puis-je avoir son nom ?

JUDAH. — C'est que... il y a longtemps, et je... je vois beaucoup de gens.

MIKE. — C'est peut-être sur vos fiches ?

JUDAH. — Non, j'en doute fort.

Mike se lève, imité par Judah. Mike prend une carte dans sa poche intérieure et la remet à Judah.

MIKE. — Eh bien, docteur, je regrette d'avoir abusé de votre temps.

JUDAH. — Ça ne fait rien.

Mike. — Si un détail vous revenait, voulez-vous m'appeler ?
Judah. — Certainement.
Mike. — Merci.
Judah. — Je vous en prie.

Ils se serrent la main, puis Mike sort tandis que Judah examine sa carte.

Extérieur, un parc, jour.

Judah et son frère Jack déambulent dans l'allée d'un parc.

Jack. — Mais enfin, merde, Judah, tu es en pleine parano !
Judah. — La police sait qu'elle me téléphonait tout le temps. J'ai menti, mais j'ai bien compris qu'ils n'étaient pas dupes ! Je ne peux pas supporter ça, Jack. C'est trop pour moi.
Jack. — Essaie de te dominer, sinon tu vas tout flanquer en l'air !
Judah. — Non, je suis coupable, c'est irrévocable, et maintenant, je vais payer !... Écoute, j'ai dû me retenir pour ne pas tout avouer ! J'ai besoin de me nettoyer la tête ! De me libérer.
Jack. — Tu m'écoutes, Judah ? Je suis dans le bain avec toi. Je t'ai rendu service, et je ne veux pas aller en taule pour ça. Et voilà que tu t'es fourré dans la tête de te confesser, en te foutant de m'entraîner avec

toi ! Mais je t'avertis : je ne te laisserai pas faire cette connerie !

JUDAH. — Serait-ce une menace ?

JACK. — Reprends-toi, sois un homme. Tu es insoupçonnable.

JUDAH. — Tu vas me liquider aussi ?

JACK. — Dis pas de conneries.

Tout en discutant, ils s'arrêtent, puis reprennent leur marche.

JUDAH. — Que voulais-tu dire par « je ne te laisserai pas faire » ?

JACK. — Tu es mon frère. Tu m'as aidé financièrement dans le temps, très bien. Je t'ai rendu un service quand tu en as eu besoin, d'accord ? Et maintenant, tout d'un coup, tu veux avouer ! Quitte à avouer, tu aurais dû dire à Miriam que tu la trompais !... Mais pas ça ! Ça, c'est un crime. Tu as payé pour l'avoir, je l'ai organisé, c'est fini. Oublie tout !

Ils reprennent leur marche à travers le parc.

JUDAH. — Un péché en amène un autre, plus grave.

JACK. — On croirait entendre papa.

JUDAH. — Adultère, fornication, mensonge, meurtre.

JACK. — Ferme ta gueule, tu veux !

JUDAH. — Sinon tes amis me la fermeront ? Simple comme un coup de fil ! Comme presser sur un bouton, c'est ça ?

Ils se séparent.

Extérieur, immeuble de Del, jour.

La maison où habitait Del. Assis dans sa voiture de l'autre côté de la rue, Judah regarde intensément la façade de l'immeuble. Ses yeux sont pleins de larmes. Il essuie son visage.

Intérieur, country club, jour.

Dans le bar du country club, un pianiste joue pour les membres du club. Brouhaha des conversations.

Musique : *Beautiful Love.*

Sharon, Miriam et Judah sont assis à une table. Miriam et Sharon boivent du thé. Judah boit un cocktail et a le regard vague d'un homme légèrement ivre.

MIRIAM. – Judah, je me demande ce qui ne va pas ces jours-ci. Je ne te reconnais plus.
JUDAH. – Je crois en Dieu, Miriam. Je le sais. Car, sans un Dieu, l'univers n'est qu'une fosse septique.
MIRIAM. – Tu t'es mis à boire régulièrement tous les jours. Tu n'avais jamais bu comme ça. C'est nouveau.
JUDAH *(soupirant)*. – On étouffe, ici.
SHARON. – Tu veux qu'on s'en aille ?

Judah frappe violemment sur la table.

JUDAH. — Ne me dis pas ce que je dois faire !
MIRIAM. — Chéri, calme-toi.

Des membres du club lancent à Judah des regards furtifs. Judah recouvre un calme apparent.

JUDAH. — Je ne me sens pas très bien, j'ai besoin d'un peu d'air.

Judah se lève. Miriam veut l'imiter, mais il l'en empêche.

JUDAH. — Non, tu restes ici.

Judah, une main sur le front, s'éloigne. Miriam et Sharon échangent un regard navré.

MIRIAM. — Je ne… je ne comprends pas…

Extérieur, country club, jour.

Judah sort du club, et commence à déambuler sur l'allée.

Fin de la musique.

Intérieur, salle de projection, jour.

Une petite salle de projection. Sur l'écran se déroule le film tourné par Cliff sur Lester. Lester, flanqué de deux scénaristes, parcourt un long couloir.

Lester. — Cette histoire sur les sans-logis est trop longue. Sucrez-moi cinq pages.

Premier scénariste. — OK, d'acc.

Lester. — Et vérifie bien : cinq pages entières.

Premier scénariste. — OK, d'acc.

Lester. — Ce con d'auteur a dit à sa secrétaire de taper en petits caractères. Il refuse de faire des coupures, cet imbécile.

Premier scénariste. — OK, d'acc.

Lester. — Et ce mec, Joe Hanson, virez-le, je ne veux plus le voir dans le film.

Premier scénariste. — Tu veux qu'on…

Lester. — Il n'est pas drôle ; s'il a un cancer, je lui enverrai des fleurs.

Dans la salle, Cliff sourit de satisfaction en visionnant les rushes de la scène. Lester, assis derrière lui, est nettement moins ravi. La scène se poursuit sur l'écran.

Premier scénariste. — Tu es vraiment décidé à le virer ?

Lester. — Plus personne ne sait donc écrire des gags ?

La scène suivante du film se déroule dans le bureau de Lester. Les deux scénaristes regardent humblement Lester, lequel a posé les pieds sur sa table.

Lester. — Et qu'est-ce que je suis censé faire ? Tout écrire moi-même ? Réaliser moi-même ? Produire moi-même ?

Nous revenons sur Cliff et Lester assistant à la projection. Cliff dissimule difficilement son hilarité. La scène continue.

LESTER *(désignant la fenêtre).* – Regardez tous ces gens, là dehors. Ils veulent qu'on les fasse rire ! Et on ne leur propose rien de marrant ! Vous leur donnez du quotidien, leurs vies en sont pleines, de quotidien !

Le film montre Lester debout derrière son bureau, haranguant ses deux scénaristes.

LESTER. – Ils en ont marre du quotidien. Ils veulent rigoler !

Le film passe brutalement sur un plan d'actualités montrant Mussolini discourant sur un balcon.

MUSSOLINI. – ... E sentiamo come una creazione... della nostra volonta, scesa dello spasimo della vittoria...

Dans la salle, réaction incrédule de Lester. Sur l'écran, la foule italienne pousse un tonnerre d'acclamations. Mussolini croise les bras et hoche la tête avec satisfaction. L'image change, on montre les masses accumulées dans la rue pour acclamer Mussolini. L'image change à nouveau, pour montrer Lester sur le campus d'un collège, recevant un diplôme honoraire, au sein d'un groupe de professeurs. Il sourit et agite le diplôme au-dessus de sa tête. Lester, comme les professeurs, porte la toge universitaire.

Voix de l'aide de camp de Mussolini. – Saluto al Duce !

Sur l'écran, l'image de Lester semble répondre aux acclamations de la foule italienne, qui atteignent un crescendo. Dans la salle, Lester, hébété, fixe l'écran.

Lester. – C'est dégueulasse ! Qu'est-ce que tu m'as fait ? Ce film est censé être le profil d'un esprit créatif !

Sur l'écran, le film montre Lester et Alva, dans une salle de conférence obscure. Lester parle tendrement à l'oreille d'Alva.

Lester. – Dans ce métier, c'est très dur pour une femme de s'imposer. Les hommes les agressent tout le temps, tu vois ? Moi, je pourrais te faciliter les choses…

Dans la salle, Lester s'est dressé. Sur l'écran, la séquence se poursuit.

Lester *(suite)*. – … parce que je pense sincèrement que tu as quelque chose là.

Dans la salle, Lester hors de lui interpelle Cliff.

LESTER. – Mais c'est pas possible, je rêve ! Quand as-tu filmé ça ?

Sur l'écran, Lester, adossé à un mur, parle tranquillement à Alva.

LESTER *(bas)*. – Mais il faut que je te connaisse un peu mieux. Tu vois, j'ai besoin de…
CLIFF *(dans la salle)*. – Je passais dans le coin, j'avais ma caméra, je vous ai vus… et je n'ai pas pu résister.

La scène se poursuit sur l'écran.

LESTER. – Je ne travaille pas comme tout le monde, je ne me fie pas à ce que je vois. Alors, euh, je veux découvrir ta personnalité, passer un peu de temps avec toi. On va faire un petit dîner tranquille… puis bavarder un peu…

Dans la salle, Lester regarde le film avec répugnance. Il s'adresse à Cliff.

LESTER. – Très bien, tu peux rentrer dans tes foyers. C'est moi qui prends le film en main.

Sur l'écran, Lester continue d'endoctriner Alva.

LESTER. – Je veux écrire ton rôle de l'intérieur, tu vois ce que je veux dire ? Je veux pénétrer dans ta tête, tu vois, je veux…
ALVA. – Oh ! J'aime beaucoup cette idée.

Dans la salle, Cliff répond à Lester.

CLIFF. − De quoi tu parles ? Tu ne peux pas finir mon film !
LESTER. − Ah, ouais ? Relis ton contrat !
CLIFF. − Mais tu m'avais promis !
LESTER. − Écoute, l'idée était de montrer ma vraie personnalité. Bon, d'accord, je ne suis sans doute pas parfait, mais je ne défends pas des valeurs qui… laisse-moi te citer mot pour mot…

Sur l'écran, la scène se poursuit.

LESTER. − Alva, tu vois ce que je veux dire ?
ALVA. − Il me semble, oui.
LESTER. − Tu as bien compris ?
ALVA. − Je comprends parfaitement ce que tu dis.
LESTER *(bas)*. − Parce que je suis convaincu que toi et moi…

Dans la salle, Lester saisit un bloc.

LESTER. − Voilà, en tes propres termes. *(Lisant :)* « Des valeurs qui assassinent la sensibilité d'une grande démocratie. » Cliff, tu es viré.

Dans le film, Lester poursuit son approche d'Alva.

LESTER. − On pourrait facilement me prendre pour un… Je ne suis pas tombé de la dernière pluie, tu sais. Mais, réfléchis tranquillement à la façon de mener ta carrière…

Dans la salle, Lester jette le bloc.

LESTER. – Tu es viré ! Lessivé !

Lester empoigne Cliff.

LESTER. – Fous-moi le camp d'ici ! Va-t'en ! Adieu !

Sur l'écran :

LESTER. – Je ne voudrais pas que tu croies que…
ALVA. – Oh, non ! Je ne croirai jamais que…

Braiement d'un mulet.
Le film montre un plan de la série Francis, le mulet qui parle, *films des années quarante. Le mulet s'exprime avec la voix de Lester.*

LE MULET (VOIX DE LESTER). – Si ça plie, c'est drôle. Si ça casse, ce n'est pas drôle.

Extérieur, Riverside Park, jour.

Des enfants et leur maman jouent dans le parc. Cris joyeux des enfants. Halley et Cliff déambulent.

HALLEY. – Ne vous laissez pas abattre. Vous avez votre vision personnelle des choses.

Halley tapote l'épaule de Cliff pour le réconforter.

Cliff. – Mais pourquoi il se vexe ? Il croit que personne avant lui n'avait été comparé à Mussolini ?

Halley. – J'étais loin d'imaginer que vous monteriez le film comme ça. J'aurais pu vous dire que ça irait au panier. Ils veulent un portrait positif de Lester.

Cliff. – Ouais, maintenant il va s'en emparer, refaire le montage, et donner de lui l'image d'un saint !

Halley. – Il y a de fortes chances.

Cliff. – Finalement, Wendy a raison. Je suis probablement jaloux de lui, de ses bagnoles, de son fric, et de toutes les filles qui se jettent à sa tête.

Halley. – Vous avez votre propre style.

Cliff. – Hé, j'ai une idée. Épousez-moi. *(Elle pouffe.)* Je suis sérieux. C'est l'unique chose qui pourra me rendre heureux. Je vous aime comme un fou. Vous êtes libre, mon... mon couple n'en a plus pour longtemps.

Halley. – Il faut que je vous parle. Asseyons-nous un moment.

Cliff et Halley s'assoient sur un banc.

Cliff. – Je ne plaisante pas, je suis vraiment dingue de vous.

Halley. – Je vais partir.

Cliff. – Ça veut dire quoi ?

Halley. – On m'a offert de produire une série d'émissions à Londres... Je n'ai pas pu refuser.

CLIFF. – Mais... Vous partez pour combien de temps ?

HALLEY. – Environ trois ou quatre mois.

CLIFF *(accablé).* – Trois ou quatre mois ! Merde, c'est une blague... Quelle idée décourageante !

HALLEY. – Je crois que ça vaut mieux, parce que... j'ai besoin de prendre un peu de distance.

CLIFF. – Cinq mille kilomètres, pour être exact. Vous partez quand ?

HALLEY. – Dans une dizaine de jours, par là.

CLIFF. – Oh ! Vous allez tellement me manquer... Je ne sais pas quoi dire... Trois ou quatre mois sans vous... *(Soupirant.)* J'ai l'impression qu'on vient de me condamner à la prison.

Intérieur, cinéma de Bleeker Street, jour.

Enchaîné sur l'écran du cinéma où l'on projette le film en noir et blanc Le Dernier Gangster. *Plan général du pénitencier d'Alcatraz, sur la baie de San Francisco.*

Musique du film.

Sur l'écran défilent diverses images de l'intérieur du pénitencier. Couloirs, rangées de cellules, superposées à l'image d'une pendule qui égrène le temps. L'image se fond pour découvrir Edward G. Robinson poussant un chariot de blanchissage. Le temps défile en surimpression, puis les mains d'Edward G. Robin-

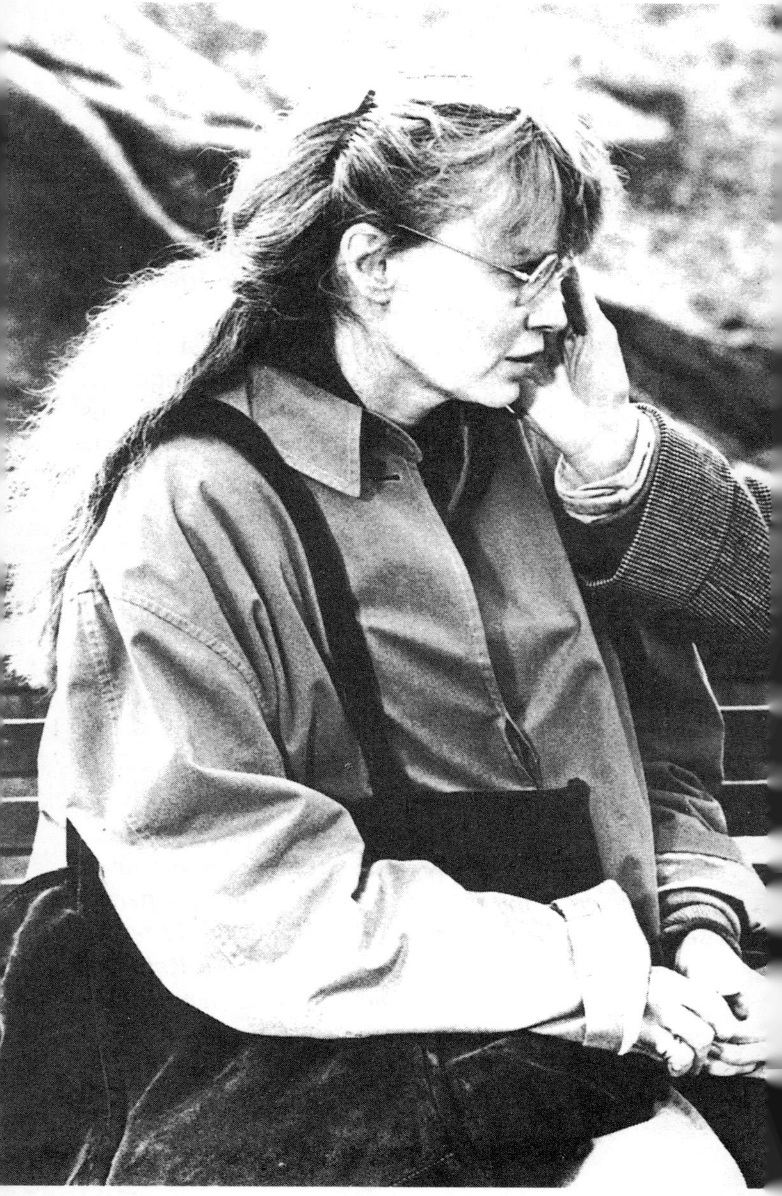

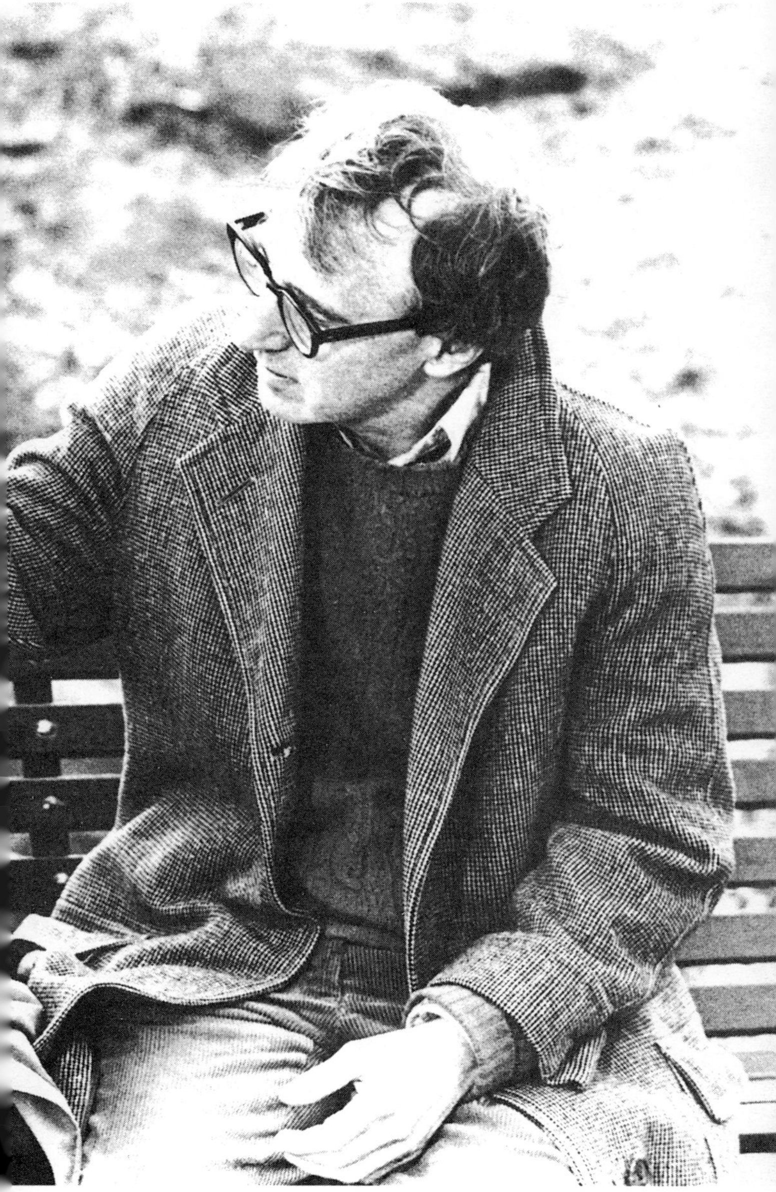

son manœuvrant la poignée d'une énorme machine à laver industrielle.
Dans la salle, Cliff et Jenny, côte à côte, regardent le film.
Sur l'écran, la pendule tourne à l'accéléré, superposée à l'image d'Edward G. Robinson, vu de l'intérieur de la machine à laver. Il fourre le linge sale à l'intérieur, tandis que la pendule disparaît, remplacée par le mot « Mois » en surimpression. Le moteur de la machine se met à tourner.

Extérieur, hôtel Waldorf Astoria, soir.

Vue de la façade imposante de l'hôtel, sur laquelle s'inscrivent en surimpression les mots : Quatre mois plus tard.

Intérieur, salle de bal du Waldorf Astoria, soir.

Dans la salle de bal de l'hôtel, les invités du mariage forment des groupes et bavardent aimablement.

La musique du film est remplacée par un air
au piano : *It's Gonna Be A Great Day.*

Dans le brouhaha, un serveur, portant un plateau chargé de verres.

Première invitée. — Ben, ta fille fera une mariée splendide.

Deuxième invitée. — Nous savons que votre fille sera très heureuse.

Premier invité. — Vous êtes un homme comblé.

Carol. — Voilà Barbara, la sœur de mon beau-frère.

Ben, Carol, avec Babs, Essie et plusieurs autres invités rassemblés autour d'eux. Ben est désormais complètement aveugle et porte des lunettes noires.

Babs. — Ravie de vous connaître.

Deuxième invité. — Carol, c'est une merveilleuse réception.

Essie. — Oh ! C'est… félicitations.

Tout le monde congratule tout le monde.

Essie. — Je souhaite à votre fille tout le bonheur possible.

Ben. — Merci d'être venue, Essie.

Carol. — Oui, oui, merci, merci.

Deuxième invitée. — Tous mes vœux de bonheur pour votre fille.

Cliff et Wendy entrent dans la salle. Cliff porte un smoking.

Cliff. — Oh ! Seigneur ! Je me sens mal… Tout ce que je porte est en location.

Cliff guide Wendy à travers la salle bondée.

CLIFF. – Smok loué, chaussures louées, caleçon loué…
WENDY. – Tu es très élégant. Fais-moi plaisir, tu veux ? C'est la dernière fois que tu vois ma famille. Tu veux essayer d'être sociable ?

On repasse sur Ben, Carol et quelques invités, auxquels viennent se joindre Judah et Miriam.

JUDAH. – Je vous présente Miriam.
CAROL. – Voici Marion, et Peter.
CAROL. – Ah ! Voilà le Dr Rosenthal !
JUDAH. – Comment va, Peter ?
BEN. – Judah, c'est toi ?

Judah serre la main de Ben.

BEN. – Judah, je suis si content que tu aies pu venir. Ça compte beaucoup pour moi.

Un autre coin de la salle. Cliff parle avec Babs.

BABS. – Qu'est-ce qui t'arrive ? Tu as l'air plus déprimé que nature.
CLIFF *(soupirant).* – Wendy et moi, nous avons finalement décidé de nous séparer, alors, tu vois… Même si ces dernières années ont été désastreuses, je… ce genre de truc, ça m'attriste, et je ne sais pas pourquoi.

Babs. — Je vois.
Cliff *(au barman)*. — Une vodka-tonic, s'il vous plaît.
Babs. — Moi aussi. *(À Cliff :)* Mais tu me disais que depuis un an c'était devenu platonique. Moi, je dis que quand il n'y a plus le sexe, il n'y a plus rien.

Le barman pose les verres devant Babs et Cliff.

Cliff. — C'est tristement vrai. Tiens, la dernière fois que j'ai pénétré une femme, c'était la statue de la Liberté !

Cliff boit son verre. Dans un autre angle, Sharon ajuste le col de Chris.

Chris. — Jette un œil sur ton père.

Suivant ce regard, nous retrouvons Miriam et Judah, qui se portent un toast en souriant.

Chris *(suite)*. — À lui seul, il fait la fête comme plusieurs !
Sharon *(riant)*. — Quand Ben et lui auront un coup dans le nez, ils vont se mettre à discuter de la foi et de Dieu… Mon père tient de sa tante May. Tu l'aurais adorée, elle rejetait la Bible, elle disait que le personnage central était invraisemblable !

Sharon donne un verre à Chris et tous deux s'embrassent en riant. Nous passons sur Cliff, en compagnie d'une des invitées, Nora.

Nora. − En arrivant, je me suis dit : « le Waldorf Astoria, ses fameuses décorations… » Tu as vu les jardinières de fleurs ?
Une invitée. − Oh ! Superbe. Ici, tout est magnifique.
Nora. − Tu as vu ces allumettes ? Et c'est Lester qui paye tout ça.
L'invitée. − C'est difficile de croire qu'un oncle offre le mariage de sa nièce.
Nora. − Lester fait tout le temps ce genre de choses.
L'invitée. − Ce doit être un homme adorable.
Nora. − C'est un frère-gâteau.

Pendant ce dialogue, Cliff réagit en découvrant Lester, qui arrive avec Halley.

L'invitée. − Vous devez le connaître depuis longtemps.
Nora. − Depuis le lycée.

Cliff se dirige lentement, à travers les groupes, vers Halley et Lester, qui bavardent avec un invité et admirent ses boutons de plastron.

Lester. − Je vais m'offrir les mêmes. C'est beaucoup mieux, ça égaie le smoking classique.

Halley. – Ils sont très beaux.
L'invité. – Ça vous plaît, tant mieux.

Halley tressaille en voyant Cliff.

Lester *(à l'invité)*. – Ils sont si démodés, ces smokings.
Halley. – Hé, Cliff !
Lester. – Salut, Cliff, ça va bien ?

Merv, un invité, flanqué de sa femme Nancy, surgit et secoue la main de Lester.

Merv. – Lester ! Comment vas-tu ?
Lester. – Tout baigne.
Merv. – Je suis content de te voir.
Lester. – Je te présente ma fiancée, Halley Reed.

Le piano s'interrompt.

Merv. – Félicitations. Ma femme, Nancy.
Halley. – Bonsoir, ravie de vous voir.
Nancy. – Ravie de vous voir.
Merv. – Lester, tu as l'air en pleine forme.
Lester. – Merci, je te trouve très chic. Je ne t'avais jamais vu en habit.
Cliff *(les interrompant)*. – Quand êtes-vous revenus ?
Halley. – Ce matin. J'ai essayé de vous appeler toute la journée.

Le piano joue *Star Eyes*.

Lester prend la taille de Halley d'un geste possessif.

LESTER. – Regardez-moi ça ! J'ai enfin réussi à gagner son cœur.

Cliff regarde la scène d'un air incrédule.

LESTER. – Une histoire très romantique. Nous sommes tombés l'un sur l'autre à Londres, et je lui ai envoyé des roses blanches toutes les heures pendant des jours et des jours. Et ensuite, j'ai découvert qu'elle était allergique aux roses !

Un autre couple vient un instant détourner Lester de son sujet. Après les salutations, il reprend son récit.

LESTER *(suite)*. – Alors, j'ai commencé à plaider ma cause. Je l'ai suppliée, suppliée jour et nuit. Et finalement, je crois que c'est le caviar qui a emporté le morceau ! *(À Halley :)* Ce n'est pas ça ?

Halley rit doucement. Cliff regarde le couple avec une parfaite incrédulité.

MERV *(intervenant)*. – Lester, ça fait des années que je t'envie. Ce type, j'en suis jaloux depuis toujours. Il sortait tout le temps avec de jolies femmes. *(À Lester :)* Mais je t'envie encore plus maintenant.
LESTER. – Je comprends ça.
HALLEY *(à Merv)*. – Je vous remercie.

Intérieur, chapelle du Waldorf Astoria, soir.

Les jeunes mariés descendent l'allée centrale de la chapelle, vers un rabbin qui les attend au fond.

L'air de piano change : *Because.*

Le couple s'immobilise devant le rabbin.

Fin de la musique.

Lester, une kippa sur la tête, est assis parmi les autres invités. Il suit la cérémonie.

Le rabbin. — Baruch habah b'shem adonoi bay-rach-nu-chem mi-bait adonoi aili atah v'ode-cha elo-hai aro-me-me-cha...

De Lester, on passe à Halley assise auprès de lui, puis à Wendy et Cliff.

Le rabbin *(suite).* — Debout ici, en présence de Dieu... le Gardien de nos foyers, prêts à entrer dans les liens sacrés du mariage...

Cliff lance des regards furibonds à Halley.

Le rabbin *(suite).* — ...répondez l'un et l'autre dans le respect de Dieu, et en présence de l'assemblée réunie ici, et qui partage votre joie.

Intérieur, salle de bal du Waldorf Astoria, soir.

Un orchestre joue pour les danseurs. Autour de la piste, les invités assis par petites tables. Brouhaha joyeux.

Musique : *Jeepers Creepers.*

RITA *(à Babs).* – Je connais l'homme idéal pour toi. Il est brillant et séduisant…
BABS. – Où est le défaut ?
RITA. – C'est moins grave qu'il ne semble. Il est en prison.
BABS. – C'est quand même un peu dissuasif.
RITA. – Oh ! Rien de terrible… Délit d'initié… Il a gagné une fortune à la bourse, et il sort bientôt.
BABS. – Oh ! Laisse tomber.
RITA. – Très bientôt. Dans un an ou deux.
BABS. – Pour bonne conduite ?

Sur la piste, Lester danse avec Wendy. Dans le coin tranquille du bar, Cliff est assis, solitaire, en train de boire. Halley l'interpelle depuis le seuil.

HALLEY. – Cliff ? Je voulais vous parler.
CLIFF *(soupirant).* – Il y a vraiment quelque chose à dire ? Vous savez, je suis pétrifié par le choc.

Halley s'approche de Cliff.

Halley. – Vous avez mal jugé Lester. Il… il est merveilleux. Chaleureux, attentionné et… romantique.

La musique passe à Home Again.

Cliff. – C'est une vedette. Voilà ce qu'il est.
Halley. – Oh !
Cliff. – Riche et célèbre, voilà ce qu'il est.
Halley. – Accordez-moi un minimum de confiance, quand même !
Cliff. – J'ai toujours eu confiance en vous… jusqu'à aujourd'hui. *(Soupirant.)* On s'est toujours moqués de ce type, de… de son côté frimeur… de sa façon de parler…
Halley. – Il est très attachant.
Cliff. – Mon pire cauchemar vient de se réaliser !

Halley tire une lettre de son sac.

Halley. – Je voulais vous rendre cette lettre.
Cliff. – Mon unique lettre d'amour !
Halley. – Elle est magnifique. Mais adressée à la mauvaise personne.
Cliff. – Ça vaut sans doute mieux. Je l'avais en grande partie plagiée sur James Joyce… Vous avez dû vous demander pourquoi toutes ces références à Dublin…
Halley. – J'espère que nous resterons toujours bons amis.

Halley et Cliff échangent un long regard.

Intérieur, salle de bal du Waldorf Astoria, soir.

L'un des invités se livre à la danse russe traditionnelle. Tous les invités du mariage battent des mains en cadence.

Musique : *Katzatsky.*

Tous les invités chantent en chœur. Soudain, le danseur s'interrompt, en proie à une crampe, et s'étreint la cuisse. Plusieurs invités l'aident à se relever et l'emmènent hors de vue. Les assistants acclament et applaudissent. On voit deux petites filles détacher des doigts le glaçage du gâteau et le manger.

Musique : *Cuban Mambo.*

Intérieur, un couloir du Waldorf Astoria, soir.

Judah s'éloigne de la foule. Dans un coin à l'abri, il allume une cigarette, et découvre Cliff, assis sur une banquette de piano, verre en main.

JUDAH. — Solitaire, hein ? Tout comme moi.
CLIFF. — Ce genre de réjouissance me flanque toujours le cafard.
JUDAH. — Vous semblez plongé dans vos pensées.
CLIFF *(se raclant la gorge).* — Je mijotais le crime parfait.
JUDAH.
JUDAH. — Vraiment ? Pour un scénario ?
CLIFF. — Scénario ?

Judah s'assoit sur la banquette auprès de Cliff.

JUDAH. – Ben m'a dit que vous travaillez dans le cinéma.
CLIFF. – Oui, mais pas dans ce genre-là. Autre chose.
JUDAH. – J'ai un bon sujet policier. Une histoire formidable.
CLIFF. – Ah ouais?
JUDAH. – Excusez-moi, j'ai bu un verre de trop… Je comprends que vous préfériez rester tranquille.
CLIFF. – Oh, ça va. Je n'ai rien de spécial à faire.
JUDAH. – Sauf que mon histoire de crime a… un rebondissement vraiment étrange.
CLIFF. – Qu'est-ce que c'est?
JUDAH. – C'est l'histoire d'un homme qui a très bien réussi dans la vie. Il a tout.

Intérieur, salle de bal du Waldorf Astoria, soir.

Tout en marchant dans la salle de bal tumultueuse, Lester boit une coupe de champagne. Il serre les mains d'un couple qui le croise. Il va s'asseoir à une table où se trouve Wendy.

LESTER. – Je peux te poser une question?
WENDY. – Quoi?
LESTER. – Est-ce que je suis bidon?
WENDY. – Tu es quoi?
LESTER. – Bidon.

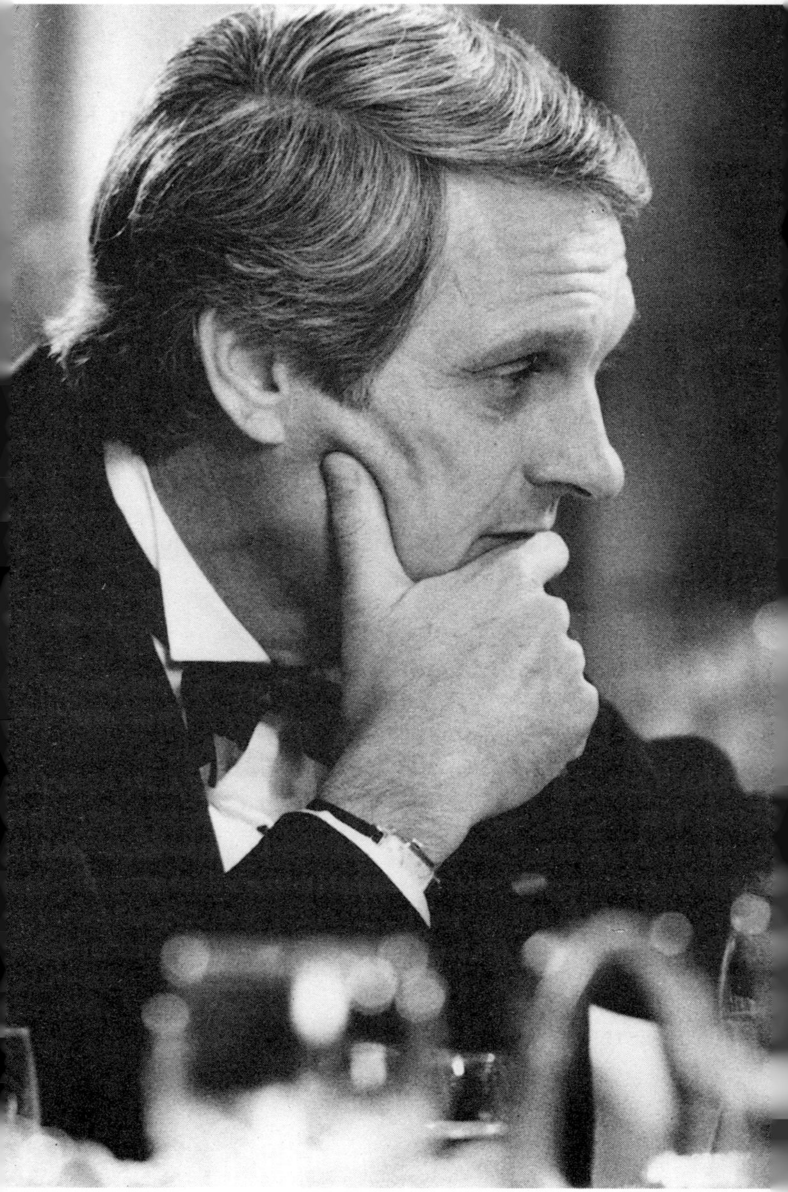

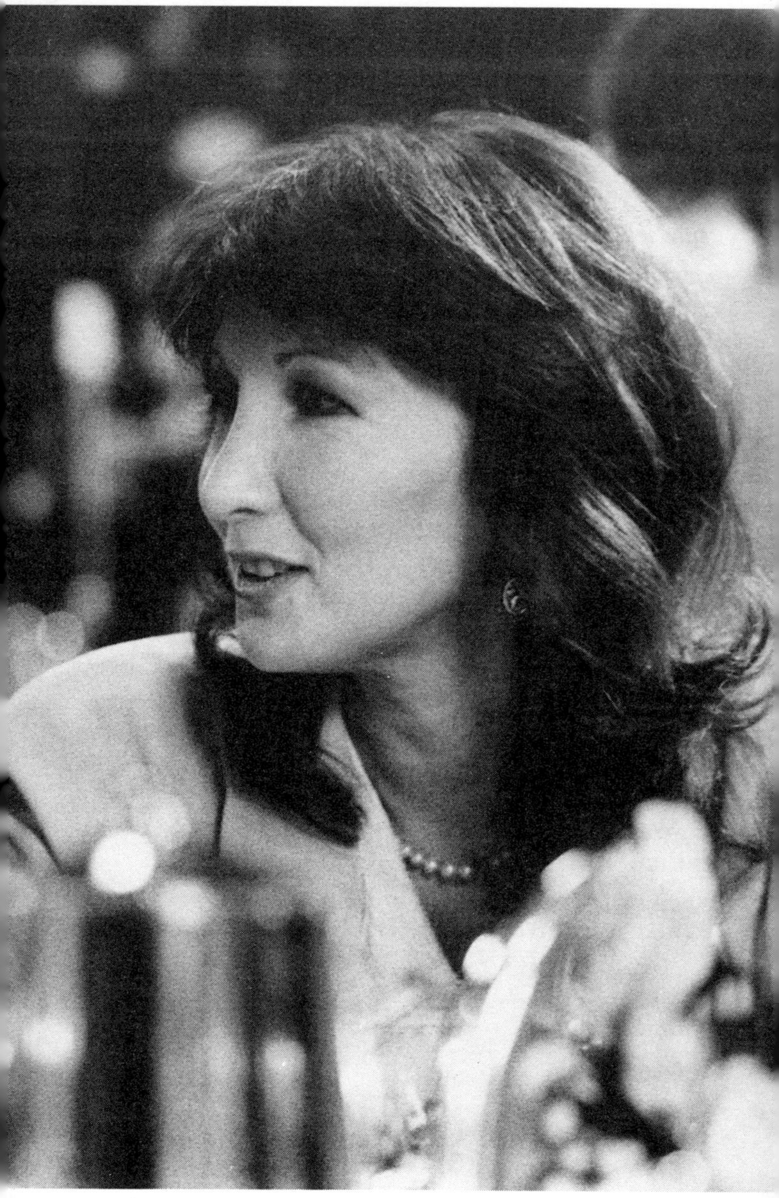

WENDY. — Mais qu'est-ce que tu racontes ? Tu es pompette, ou quoi ?

LESTER. — Non… Je crois qu'il me déteste.

WENDY. — Qui ça ?

LESTER. — Ton casse-pieds de mari. Chaque fois que je le vois, je me sens noué.

WENDY. — C'est parce qu'il t'en veut. Tu t'en doutes bien.

LESTER. — De quoi m'en voudrait-il ?

WENDY. — Tu te fiches de moi ! Il a le fantasme de changer le monde. Il est convaincu qu'il peut l'améliorer, alors il fait ces films qui n'aboutissent jamais à rien.

LESTER. — Il faudra qu'il grandisse. On est dans le monde réel ! Les grands projets ne payent pas. Ce qu'il faut, c'est assurer !

WENDY. — Pas besoin de me le dire.

Musique : *Polkadots And Moonbeams*.

LESTER. — Sans parler du fait que… J'arrive pas à le croire. Tu es encore jeune, tu n'as pas la vie que tu mérites.

WENDY. — Eh bien, Lester, j'ai rencontré quelqu'un.

Lester prend Wendy dans ses bras et l'embrasse.

LESTER. — Ça, c'est la meilleure nouvelle de l'année !

Intérieur, couloir du Waldorf Astoria, soir.

Judah, les yeux dans le vague, continue son récit à Cliff.

JUDAH. – Et après cet horrible forfait, il se rend compte qu'il est rongé par un remords profond... Les petites parcelles de son éducation religieuse, qu'il avait rejetée, lui reviennent brusquement à la mémoire. Il... il entend la voix de son père... Il s'imagine que Dieu observe ses moindres actions. Soudain, l'univers n'est plus vide de sens, mais rempli de morale et de justice... Et il l'a violé ! Dès lors, il est frappé d'épouvante, il frôle la dépression nerveuse. À deux doigts de tout avouer à la police... Et puis, un matin, il se réveille. Le soleil brille, sa famille l'entoure, et, mystérieusement, la crise morale s'est apaisée. Il part en vacances en Europe avec les siens, et, à mesure que le temps passe, il découvre que rien ne le punit. Au contraire, il prospère. On attribue le meurtre à un rôdeur qui a d'autres crimes à son actif. Quelle importance, un de plus, un de moins... Alors, il est complètement libéré. Sa vie est redevenue normale. Il retrouve sa tour d'ivoire, sa vie protégée, sa fortune et ses privilèges.
CLIFF. – Oui, d'accord, mais peut-il jamais revenir à la case départ ?

Judah vide lentement son verre.

Judah. — Eh bien, les gens transportent leurs péchés avec eux. Oh, il a bien de temps en temps un mauvais moment... mais ça passe. Et avec le temps, tout s'estompe.

Cliff. — Peut-être, mais il a quand même mis à exécution ses plus mauvaises pensées !

Judah. — Je vous l'avais bien dit, que c'était une histoire affreuse. *(Il rit doucement.)*

Cliff. — Bof, je n'en sais rien. Ça doit être dur pour quelqu'un de vivre avec ce poids. Très peu de gens pourraient vivre avec un tel secret sur la conscience.

Cliff boit.

Judah. — Les gens transportent des tas de fardeaux terribles. Vous voudriez qu'il se dénonce ? Nous sommes dans la réalité. Dans la réalité, nous nous trouvons de bonnes excuses. Nous nous mentons, sinon nous ne pourrions plus vivre.

Cliff. — Voilà ce que je ferais. Je le ferais se livrer à la police... Sous cet angle, votre histoire atteint une dimension tragique, parce que... en l'absence d'un Dieu ou de quoi que ce soit, le personnage est obligé d'assumer sa propre responsabilité. Ça, c'est de la tragédie.

Judah. — Mais c'est de la fiction ! C'est du cinéma !... Vous voyez trop de films. Moi, je vous raconte une histoire vraie. Si vous préférez les fins heureuses, allez voir les films de Hollywood !

Judah ricane, et tire une bouffée de sa cigarette. Miriam apparaît, à la recherche de Judah.

MIRIAM. – Chéri, viens, il faut songer à rentrer.
JUDAH *(à Cliff)*. – Ç'a été un plaisir de vous parler. Bonne chance.

Judah rejoint Miriam, pose son bras sur ses épaules et s'éloigne dans le couloir avec elle.

JUDAH. – Miriam, nous ferons un mariage comme celui-ci pour Sharon. Je meurs d'impatience.

Fin de la musique. Applaudissements.

JUDAH *(suite)*. – Elle sera radieuse.

Judah et Miriam s'immobilisent, enlacés.

MIRIAM. – Tu es très élégant, ce soir.

Musique : *I'll Be Seeing You.*

JUDAH. – Et toi, tu es merveilleusement belle.

Tous deux rient et s'embrassent. Quand ils ont disparu, nous revenons sur Cliff, incliné comme un ivrogne sur sa banquette de piano, et fixant le sol.

Intérieur, salle de bal du Waldorf Astoria, soir.

Ben, sur la piste, danse avec sa fille dans le faisceau d'un projecteur, sous le regard des hôtes attablés.

Voix du professeur Levy. – Tout au long de notre vie, nous sommes confrontés à de dramatiques options : des choix éthiques. Certains…

Début du flash-back.

Intérieur, appartement de Del, jour.

Dans la chambre de Del, celle-ci et Judah se disputent. Elle ôte avec colère son écharpe et ses lunettes de soleil et les jette de côté.

Voix de Levy. – Certains se situent à un très haut niveau ; la plupart de ces choix sont peu importants…

Intérieur, salle de montage, jour.

Cliff embrasse Halley contre son gré.

Voix de Levy. – … Mais c'est par nos choix que nous nous définissons.

Intérieur, salle de montage, jour.

Sur l'écran, la séquence où Mussolini, à la fin de son discours, fait un mouvement de tête satisfait.

Voix de Levy. – En réalité, nous ne sommes que l'addition de nos choix.

Extérieur, un parc, jour.

Dans le parc, Lester bavarde avec Halley qui essaie de parler dans son téléphone portable.

Voix de Levy. – Les événements surgissent toujours…

Intérieur, maison de Judah, jour.

Jack et Judah discutent, assis à une table.

Voix de Levy. – … d'une façon si inattendue…

Intérieur, maison d'enfance de Judah, nuit.

La famille de Sol autour de la table du repas.

Voix de Levy. – … si injuste. Le bonheur de l'homme…

Extérieur, rue, nuit.

Del marche d'un pas pressé sur un trottoir.

Voix de Levy. – ... semble avoir été oublié lors de la création du monde.

Intérieur, chapelle du Waldorf Astoria, soir.

La fille de Ben et son fiancé marchent dans l'allée centrale de la chapelle vers le rabbin.

Voix de Levy. – C'est nous, et nous seuls, avec notre capacité d'amour, qui donnons une signification à un univers indifférent.

Extérieur, rue, jour.

Cliff et Jenny, avec leurs parts de pizzas, marchent côte à côte.

Voix de Levy. – Et pourtant, la plupart des êtres humains semblent avoir la capacité de chercher, et même de trouver du bonheur dans les choses les plus simples...

Fin du flash-back.

Intérieur, salle de bal du Waldorf Astoria, soir.

Ben et sa fille dansent sous le projecteur, entourés par les invités du mariage. Ben, radieux, avec ses lunettes noires et son châle de cérémonie…

VOIX DE LEVY. – … comme… leur famille… leur travail… et l'espoir que les générations futures sauront mieux comprendre.

Ben et sa fille cessent de danser, aux applaudissements de l'assistance. La fille de Ben se serre dans les bras de son père et l'embrasse.

Noir.
                Fin de la musique.

                Nouvelle musique : *Rosalie*.

Directeur de production	Joseph Hartwick
Premier assistant à la mise en scène	Thomas Reilly
Second assistant à la mise en scène	Richard Patrick
Régisseur général	Helen Robin
Supervision du scénario	Kay Chapin
Administrateur de production	Peter Lombardi
Assistante de M. Allen	Amy Leigh Johnson
Ensemblier	Speed Hopkins
Régie du département artistique	Glenn Lloyd
Décoratrice de plateau	Susan Bode
Décorateur	Dave Weinman
Directeur de la photographie	Dick Mingalone
Cadreur	Michael Green
Assistant cadreur	Michael Caracciolo
Assistant cadreur stagiaire	Chris Noor
Photographe de plateau	Brian Hamill
Projectionniste	Carl Turnquest Jr.
Chef accessoiriste	James Mazzola
Chef machiniste	Bob Ward
Machiniste	Dolly Ronald Burke
Chef électricien	Ray Quinlan
Électricien adjoint	Jim Manzione
Construction des décors	Ron Patagna
Chef menuisier	Joe Alfieri
Chef machiniste à la construction	Vincent Guariello

Peintre de plateau	James Sorice
Peintre décorateur	Cosmo Sorice
Ingénieur du son	James Sabat
Perchiste	Louis Sabat
Preneur de son	Frank Graziadei
Mixage	Lee Dichter Sound One Corp.
Direction musicale	Joe Malin
Maquillage	Fern Buchner Frances Kolar
Coiffure	Romaine Greene Anthony Cortino
Assistante du créateur de costumes	Donna Zakowska
Assistante costumière	Lauren Gibson
Supervision des costumes masculins	Bill Christians
Supervision des costumes féminins	Patricia Eiben
Assistants au montage	William Kruzykowski Mark Livolsi
Monteuse stagiaire	Anne McCabe
Montage son	Bob Hein
Assistante au montage son	Lori Kornspun
Stagiaire au montage son	Jeanne Atkin
Régisseur d'extérieurs	Jonathan Filley
Repérage des extérieurs	Dana Robin Barbara Heller
Directrice du casting	Ellen Lewis
Casting additionnel	Todd Thaler Casting Judie Fixler
Assistantes du casting	Laura Rosenthal Victoria Kress

Régisseur adjoint à la production	Jerry Caron
Assistant administrateur production	Michael Jackman
Délégué de la DGA*	Robert Huberman
Chef des transports	Harold « Whitey » McEvoy
Assistant-adjoint du chef des transports	Peter Tavis
Documentalistes cinémathèque	Shari Chertok Linda Lilienfeld Kati Meister
Chef de plateau	Brian Mannain
Chef machiniste	Scott Shaffer
Assistants de production	David Davenport Michael DeCasper Elise Pettus Doug Shannon Jay Smith Gilbert S. Williams

Couleurs par DuArt Film Laboratories
Copies par DeLuxe ®**
Effets optiques Pacific Title
Lettrage des titres The Optical House, N. Y.
Montage négatif J. G. Films, Inc.
Publicité PMK Public Relations
Objectifs et Panaflex ®** Cameras by Panavision ®**

*DGA = Directors' Guild of America (Guilde des Réalisateurs).
**® = Droits réservés hors des États-Unis.

Les rôles (par ordre d'apparition à l'écran)

Bill Bernstein	Orateur
Martin Landau	Judah Rosenthal
Claire Bloom	Miriam Rosenthal
Stephanie Roth	Sharon Rosenthal
Gregg Edelman	Chris
George Manos	Photographe
Anjelica Huston	Dolores Paley
Woody Allen	Cliff Stern
Jenny Nichols	Jenny
Joanna Gleason	Wendy Stern
Alan Alda	Lester
Sam Waterson	Ben
Zina Jasper	Carol
Dolores Sutton	Secrétaire de Judah
Joel S. Fogel	Producteurs de TV
Donna Castellano	
Thomas P. Crow	
Mia Farrow	Halley Reed
Martin Bergmann	Pr Louis Levy
Caroline Aaron	Barbara
Kenny Vance	Murray
Jerry Orbach	Jack Rosenthal
Jerry Zaks	Homme sur le campus
Barry Finkel	Scénaristes TV
Steve Maidment	
Nadia Sanford Alva	
Chester Malinowski	Tueur à gages
Stanley Reichman	Père de Chris
Rebecca Schull	Mère de Chris
David S. Howard	Sol Rosenthal

Garrett Simowitz	Judah enfant
Frances Conroy	Propriétaire de la maison
Anna Bergen	Tante May
Sol Frieden	Assistants du service religieux
Justin Zaremby	
Marvin Terban	
Hy Anzell	
Sylvia Kauders	
Victor Argo	Inspecteur de police
Lenore Loveman	Invités du mariage
Nora Ephron	
Sunny Keyser	
Merv Bloch	
Nancy Arden	
Thomas L. Bolster	
Myla Pitt	
Robin Bartlett	
Grace Zimmerman	La mariée
Randy Aaron Fink	Le marié
Rabbi Joel Zion	Le rabbin
Major Halley Jr.	Orchestre de jazz
Walter Levinsky	
George Masso	
Charles Miles	
Derek Smith	
Warren Vache	
Pete Antell	Orchestre du mariage
Anthony Gorruso	
Gary Allen Meyers	
Lee Musiker	
Tony Sotos	
Tony Tedeasco	

Musique

Rosalie
de Cole Porter
interprété par le Jazz Band

Taking A Chance On Love
de Vernon Duke, John LaTouche et Ted Fetter.

Extraits de la bande sonore de *Mr. & Mrs. Smith*
d'Edward Ward
avec l'accord de Turner Entertainment C°.

I Know That You Know
de Vincent Youmans, Anne Cardwell O'Dea
et Otto A. Harbach
interprété par Bernie Leighton

Dancing On The Ceiling
de Richard Rodgers et Lorenz Hart
interprété par Bernie Leighton

Suite anglaise n° 2 en la mineur
de Jean-Sébastien Bach
interprétée par Alicia De Larrocha
avec l'accord de London Records
une Division de PolyGram Classics

Home Cooking
de Hilton Ruiz
interprété par le Hilton Ruiz Quartet

I've Got You
extrait de la bande sonore de *This Gun For Hire*
de Frank Loesser et Jacques Press

Happy Birthday To You
de Mildred J. Hill et Patty S. Hill

This Year's Kisses
d'Irving Berlin
interprété par Ozzie Nelson et son orchestre
avec l'accord de Hindsight Records, Inc.

Sweet Georgia Brown
de Ben Bernie, Maceo Pinkard et kenneth Casey
interprété par Coleman Hawkins
et son All-Star Jam Band
avec l'accord de Pathé-Marconi
et Capitol Records, Inc.
sous licence de CEMA Special Markets

All I Do Is Dream Of You
extrait de la bande sonore de *Singin' In The Rain*
de Nacio Herb Brown et Arthur Freed
avec l'accord de Turner Entertainment C°.

Quartette n° 15 en sol majeur, op. 161, D. 887
de Franz Schubert
interprété par le Julliard Quartet
avec l'accord de CBS Masterworks
sous licence de CBS Special Products
Division de CBS Records, Inc.

Murder, He Says
extrait de la bande sonore de *Happy Go Lucky*
de Frank Loesser et Jimmy McHugh
chanté par Betty Hutton

Beautiful Love
de Victor Young, Wayne King,
Egbert Van Alstyne et Haven Gillespie

Great Day
de Vincent Youmans,
William Rose et Edward Eliscu
interprété par Bernie Leighton

Star Eyes
de Don Raye et Gene DePaul
interprété par Lee Musiker

Because
de Guy D'Hardelot et Edward Teschmacher
interprété par Lee Musiker

Crazy Rythm
d'Irving Ceasar, R. Wolfe Kahn et Joseph Meyer
interprété par l'orchestre du mariage

I'll See You Again
de Noel Coward
interprété par l'orchestre du mariage

Cuban Mambo
de Xavier Cugat, Rafael Angulo
et Jack Wiseman
interprété par l'orchestre du mariage

Polkadots And Moonbeams
de Jimmy Van Heusen et Johnny Burke
interprété par l'orchestre du mariage

I'll Be Seeing You
de Sammy Fain et Irving Kahal
interprété par Liberace
avec l'accord de MCA Records

Les Producteurs remercient de leur aide
les personnes et firmes suivantes :

Bureau du Gouverneur de l'État de New York pour le Développement du cinéma et de la télévision

Le Mayor's Office of Film, Théâtre et Radio-télévision

Parcs et Loisirs de la Ville de New York

Compagnie d'Assurances Albert G. Ruben, Inc.

General Camera Corp.

Star Lighting Enterprises, Ltd

On Location Education

Eastern Airlines

Sculptures de Yael Morris

Peintures de Nancy Morris-Gunkeleman

Extraits de *Mr. & Mrs. Smith* et *The Last Gangster* fournis par Turner Entertainment Co.

Extraits de *This Gun For Hire*, *Francis* et *Happy Go Lucky* fournis par MCA/ Universal City Studios.

Document sur Mussolini fourni par Sherman Grinberg Libraries, Inc.

L'Agence Harry Fox, Inc.

Publications musicales EMI

Hôtel Waldorf Astoria

William K. Everson, Ben Hayeem et Howard Mandelbaum.

L'histoire, ainsi que tous les noms, personnages et événements dépeints dans ce film sont fictifs.
Aucune ressemblance avec des personnages réels n'est intentionnelle, et ne saurait être reprochée.

Ce film est protégé par les lois des États-Unis et des autres pays, et toute distribution, duplication ou projection non autorisée fera l'objet de poursuites criminelles.

Motion Picture Association Of America (Iatse shield) ®
© Orion Pictures Compagny. Tous droits réservés.

Fin de la musique

Un film Orion ® Pictures

COMPOSITION : GRAPHISME & ILLUSTRÉS, SEUIL
IMPRESSION : HÉRISSEY À ÉVREUX. N° 62262
DÉPÔT LÉGAL : SEPTEMBRE 1993. N° 12949